· 国际安徒生奖儿童小说 ·

# 天眼

〔英〕大卫·阿尔蒙德 著

兴民 译

人民文学出版社

著作权合同登记:图字 01-2015-7542 号

图书在版编目(CIP)数据

天眼/(英)阿尔蒙德著;兴民译.
——北京:人民文学出版社,2015
(国际安徒生奖儿童小说)
ISBN 978-7-02-011223-4

Ⅰ.①天…　Ⅱ.①阿…　②兴…　Ⅲ.①儿童文学
-中篇小说-英国-现代　Ⅳ.①I561.84

中国版本图书馆 CIP 数据核字(2015)第 271316 号

HEAVEN EYES
Copyright © David Almond，2000
This edition arranged with Felicity Bryan Associates Ltd.
through Andrew Nurnberg Associates International Limited.

责任编辑:卜艳冰　尚　飞
装帧设计:李　佳

**天眼**
〔英〕大卫·阿尔蒙德 著　兴民 译

出版发行　人民文学出版社
社　　址　北京市朝内大街 166 号
邮政编码　100705
网　　址　http://www.rw-cn.com
印　　刷　山东德州新华印务有限责任公司
开　　本　890mm×1240mm　1/32
印　　张　8.75
字　　数　120 千字
版　　次　2016 年 4 月第 1 版
印　　次　2016 年 4 月第 1 次印刷
书　　号　978-7-02-011223-4
定　　价　32.00 元

# 目 录

# 第一部
## 逃出白门

从白门溜出来很容易，埃琳和她的伙伴一月经常这么做。但这一次他们顺河漂流，这一次他们也许一去不复还。这一次他们去寻找乐园的一个小小角落。

# 第一章　遭了难的孩子

　　我叫埃琳·劳，姓劳，名埃琳。我有两个朋友，一个姓卡尔，大家叫他一月；另一个呢，姓格莱恩，被叫做老鼠。下面讲的是我们在那个星期五晚上乘木筏从白门逃走的故事。可能有人会对你说，这个故事全是假的，别信。有人会说这只是一个梦，是我们三个小孩子一起做的梦。但这个故事确实发生过。我们真的在黑泥滩那个地方遇到了一个名叫天眼的女孩儿，真的从污泥里挖出了一个圣徒，真的发现了爷爷的宝物和秘密，真的看见爷爷回到了河里。我们还真的把天眼带回了家，她与我们幸福地住在一起。有人会对你说这个女孩儿不是天眼，只不过是另一个苦命的孩子，像我们自己一样。但她真的是天眼。你能很容易认出她。你瞧她带蹼的脚趾、手指；听她奇妙、甜美的声音；看她仿佛能望穿世界上的黑暗，一直能望到隐藏在最底下的欢乐。真的是她！这些事情全发生过。一月、老鼠

国际安徒生奖儿童小说

和我都亲眼看见了。故事全是真的！你听我往下讲。

我们是遭了难的孩子，都失去了父母。正是因为失去了父母，才住进了这个叫"白门"的孤儿院。孤儿院在圣加布里埃尔小区。譬如说一月吧，他出生的第一天就被放在了医院门口的台阶上。由于他是在天寒地冻的一月里被人捡到的，便有了一月这个名字。那家医院被人们叫做卡尔山医院，他于是有了"卡尔"这个姓。一月现在已经不在孤儿院，到故事快结束的时候，你就会明白其中的缘故。老鼠是一个被遗弃的男孩。他母亲和我母亲一样，死了。后来他父亲也失踪了。老鼠会告诉你，他父亲在非洲，但连他自己也没有把握这是不是真的。他叫老鼠，是因为他口袋里总装着一只活的小老鼠，是他的小伙伴儿。他常说，这个小老鼠才是他真正的朋友。小老鼠的名字是"吱吱叫"，因为它会"吱吱"叫。

白门孤儿院有一座三层高的楼房，房前的院子用水泥铺成，四周全是铁栅栏。孤儿院的院长叫莫莉恩。在我们那天晚上乘木筏出走之前，她因为成年累月地管教我们这些不成器的孩子，早已经对我们绝望了。她常对我们说，我们的命苦，打一开始，机会就比别的孩子少。她说，我们必须发奋，长大后才能自立。她微笑着拍拍我们的肩膀说，我们要是听她的话，就一定能出人头地。从她的眼神里，有时可以看出她真的愿意相信我们会有出息，有时看得出她很想这么相信。她站在窗口，看着我们在院子里说悄悄话。她站在台球室的门口望着我们，手指托着下巴，期望着什么。她的办公室后面是她住的套间，常常能听到她在那里独自啜泣。那些天，她总是睡不着。有时，在深夜，我们看见她一个人在走廊里徘徊，脸上泪光闪闪。关于她的故事和传说可多了：有人说，她从来没有生过孩子。有人说，不对，她生过一个孩子，一个很漂亮的孩子，但在她怀里没过几天就死了。还有人说，她有过好几个孩子，但都让孩子的爸爸强行带走了，她后来再也没有见过。真实情况怎样，谁也不知道。但我们把故事串起来，你讲给我，我讲给你，还大胆地猜测莫莉恩的眼神为什么那么奇怪，爱怜和怨恨竟然混在了一起。她的眼神常常很冷漠，

4

5

除了冷漠还是冷漠。她的眼神说，她想爱我们、信任我们，但她往往把我们看成是已经损坏了的东西，再也不可能修好了。

这里一共住着十几个孩子。有几个与莫莉恩一样，内心充满悲哀，怨这怨那的。另外几个孩子，心已经碎了，整天焦虑不安。但大多数孩子都能相互照应。我们从一开始就明白，如果相互关照，就能应付来管教我们的各种人，应付那些精神病医生、心理医生、社工、护理员、游戏辅导员、戒毒辅导员、医护人员、福利工作者等。我们知道，只有这样才能应付莫莉恩和她的那些助手，应付她的提问、她的冷漠、她主持的大家围成一圈的谈心活动。我们知道，凭着相互关照，我们能从那失去的乐园中找回一个小小的角落。

有时我们被赶回到那个乐园里，被迫去想象在来到白门之前我们的处境是怎样的。这是谈心的时间，大家一起坐在大房间里。莫莉恩先讲每个人的来历：谁的母亲叫什么，父亲叫什么，为什么与父母分开了。当然，有几个孩子的来历很不清楚。她让每个人自己回忆。她有两个助手：一个是胖子，名叫凯弗；一个比较瘦，叫斯图。两个人在我们身后踱来踱去，不停地催我们开口。莫莉恩叫我们想象不记得或不知道的事情。她说，每个人都应该能够讲述自己的来历，把真的、假的、想象的混在一起也没关系。每个孩子都有一个"履历本"，里边有照片、图画、事件、故事。有几个孩子玩这个游戏都玩腻了，每次都能讲一个不同的故事。他们的履历本里写满了可能发生过的故事和可能经历过的生活。也有几个孩子总是紧绷着脸，不愿意玩这个游戏，履历本差不多是空白的。

　　一月很快就成了不再愿意玩这种游戏的孩子。但他确实讲过这么一个故事：在一个下着大雪的冬天晚上，一个女人急急忙忙地走在路上。她很年轻，很美，也很紧张。她抱着一个橘黄色的盒子，里边用毯子裹着一个小小的婴儿。她很爱这个婴儿，但知道自己养不起。她走在黑影里，最后靠近了那家医院。她盼着深夜来到。她冻得发抖，内心的痛苦，还有爱，也让她发抖。然后她冒着大雪飞奔过

去，把他放在宽阔的台阶上，又闪电般地跑进黑暗里。

"讲得真美！"莫莉恩说。

她伸出手，抚摸着一月的额头。

"这很可能是真的！"她轻轻地说。

一月眼里闪着泪花，直盯着她。

"她爱我，"他说，"她因为爱我才把我丢在那里。她年纪轻，又穷，又没有人帮助。她知道她养不活我。"

"对！"莫莉恩说，"对，很可能是这样。"

莫莉恩对着我们大家微笑。但从她的眼神里能看出疲倦来，就好像这些故事她从前都听过。她叫我们谢谢一月，谢谢他给大家讲了这么多。接着她又问一月有没有想象过他的父亲。一月垂下了眼皮，摇摇头。

"没有。"他说。

"也想想你父亲吧，这会帮助你进步。"她说。

她望着我们，似乎想让我们帮一月完成这个任务。我们什么也没说。

"没有。"一月说，"他不爱她！他不爱我！我知道的就这些。"

他的眼睛充满忧郁。她温和地笑笑，点点头。

"她会来接我的。"他低声说。

"孩子，你说什么？"

他直视着她。

"她会来的，会来接我的。"

胖子凯弗干咳了一声，翻动着眼珠。

"她会来的。"一月说，"她还爱着我，想着我。总有一天她会来接我的。"

莫莉恩又点点头，微微地笑笑。我们看懂了她的眼神：这孩子已经完了，不可救药了。

老鼠·格莱恩是一个善良、害羞的孩子。他想让大家高兴，每次都用心地做游戏。他的母亲在他出生后不久就死了，父亲带了他几年。他拿出一张照片，上面有他的父亲和许多其他男人，穿着工作服，在河边踢球。有时，他指着其中一人说那就是他父亲。有时，他指着另一个男人。照片上的人很小，他自己也拿不准到底是哪一个。他说他

父亲走掉了，因为带不了他了。

"他爱我！"他说，"他肯定是爱我的！"

他露出胳膊上父亲刻的字，那是他父亲出走之前给他刻的：**请照看我**

"看见了吗？"他说，"他知道他要走掉，但他心里为我着急！"

说完，老鼠就哭了，哭个不停。

我呢，我不需要玩这种游戏。莫莉恩说我太倔，说我要是不改，心会变硬，会充满仇恨。最初的一次，她看我不愿谈过去的事，眼睛一下子就瞪圆了，微笑全没了，嗓音也尖了起来。她对我说，我要是不改，终有一天会变得像我妈一样。我并不想那样，对不对？

"我想！"我冲着她啐了一口唾沫，"我想！我想！"

我大声地喊，她根本不了解我妈妈，根本不了解她是多么坚强、多么温柔。我冲出房间，冲出楼房，跑到小区外面，听见莫莉恩在身后的大门口喊我，但我不理她。我一直跑到河边，在荒凉的废墟上坐下来，看着河水流向大海，心里燃烧着幸福的感觉。尽管刚才发生了种种不愉快，但我心里却燃烧着幸福。对，我懂得痛苦和黑暗。有时，我深深地陷入到黑暗里，甚至担心再也出不来。但我最终还是走出来了，又重新燃烧起幸福来。我不需要想象自己的生活，不需要那种愚蠢的谈心活动和履历本。我的脑子里有的是记忆，总是充满了记忆。我能看见在圣加布里埃尔小区我们家的小房子里，妈妈怎样和我在一起。我能感觉到她在触摸我的皮肤，我脸上能感觉到她的气息，我能闻到她身上的香水味，也能听到她对着我的耳朵轻声细语。我有一个属于我自己的装满宝物的纸盒子。任何时候，我都能让亲爱的妈妈回到我身边。

# 第二章　妙主意


　　逃出白门很容易。这里的人多半先后逃出去过。他们总说白门不是监狱，也没打算把我们整日锁在里边。你只要背上包走出去，说要去野餐或干什么事，就可以了。大多数情况下，我们出去享受几个小时的自由，一直玩到肚子饿了，或玩到天快黑又下起了雨，才不得不回来。有时候，能在外边待上一个星期，最后由警车给送回来。这样的孩子往往是饿得饥肠辘辘，慢慢地晃进来，眼睛下挂着疲惫的眼泡，咧着嘴笑。

　　和我一起逃出去的朋友总是一月·卡尔。我俩逃出去过两三次。有一次我们还在诺顿过了一夜。我们在一家餐馆后面，把硬纸箱弄成床，吃了从垃圾袋里找来的冷比萨饼。另一次，我们沿着河岸往上走，一直逛到了长满石楠的荒野。我们躺在石楠丛中，望着闪烁的星光，看到了流星，于是说起了永远不会消失的宇宙，还说起要整年整月地这样瞎逛，变成两个流浪者，像野兽和小鸟那样自由，远离城市，渴了喝溪水，饿了捕野兔、采浆果。没有谁阻止我们这样做，我们相互鼓励。第二天醒来时，一只警犬正在舔我俩的脸。一个警察双手叉着腰，站在那里，不停地摇头。

"快起来！"他说，"快起来，两个傻瓜。"

各种各样的逃跑办法都试过。最常用的办法是步行，有时也搭别人的车，公共汽车和火车也都坐过。我们还曾悄悄地弄了一辆汽车，一直开到油箱没油。可是，一月这回有了一个不同寻常的新主意。从来还没有人试过乘木筏出走。只有像一月这样的疯子才会想出这么妙的主意来。

一天早上，他来到我房间，蹲在门口，咧着嘴笑。

"木筏？"我惊奇地问。

"嗯，木筏。我们沿着河漂流，把一切都抛在后边。"

我大笑，想到了幽深的河、奔腾的激流。危险！

"你疯了？！"我说。

他的眼睛睁得大大的，放射着兴奋的光芒。

"那才叫棒呢!"他说,"我从一个旧仓库那里拆下了几扇门,把这些门钉在了一起。"他咯咯地笑着说,"我还给它上了一层清漆。"

"你疯了!"我又说了一遍,"它会沉下去,我们会淹死的。"

"淹死?你的冒险精神哪儿去了?"

我叹口气。我已经能感觉到河水在我身底下流,要把我带走。

"你想想……"他低声说,"只有你、我、木筏、河水。自由,埃琳!自由!"

我开始想象:月光泻在我们身上,城市的灯光照在河岸上,河水从我的指缝间流过。

"哇!"我自言自语,"哇!"

"喂!"他说,"开始想象了吧,嗯?"

这时,莫莉恩在楼下喊起来。

"一月!一月·卡尔!我希望那不是你在埃琳的房间里说话。"

一月悄悄地站起来。

"埃琳，只有你我两个知道，乘木筏奔向自由。放开胆子想象吧。"

他使了一个眼色，踮着脚尖走了出去。

在这之后的几个星期里，我感觉到河水在我身子下面流动，脑子里出现了左右摇摆的木筏。我知道我会跟他去的。

# 第三章　秘密计划

离开白门的那天是星期五，我们又一次聚在一起谈心。莫莉恩穿着一件绿色的丝质连衣裙，脚上是一双白皮鞋。她一只手托着脸，慈爱地望着我们大家。胖子凯弗和瘦子斯图在我们身后走来走去。我的目光与一月的目光相遇，他咧着嘴笑。

莫莉恩像往常一样，先来了一通废话：这个地方如何安全，大家如何相互热心关照，如何想说什么就说什么。她总是这一套。

"我们想教会你们什么都别怕。"她说，"我们想治愈你们的伤疤，把你们的伤疤抹掉。"

她让我们做一些想象的游戏。我们得想象自己处在一个温暖黑暗的地方，浮在温暖黑暗的水上，心和身体是静止的，没有未来，没有过去，没有问题。我想象的水是冰冷的，飞快地流动着。月光流泻，木筏旋转着往前漂动。

自由！自由！我睁开眼睛，朝一月笑笑，我也看见了他眼中的河水和月光。这时莫莉恩提醒我们要集中注意力。随后她便开始大谈问题，大谈创伤，大谈不幸。我朝大家的脸上扫了一眼，看见马克西·罗斯在咬手指，焦急地企盼着莫莉恩不会说到他。我看见芬格丝·怀亚特，看见她美丽的绿眼珠，还有她脖子上的烫伤和烧伤印记。我看见威尔逊·凯恩斯，他很胖，臀部的肥肉盖住了椅子，他一动不动地坐在那里，眼睛呆呆地盯着墙。威尔逊，他是从未想过逃跑的少数人之一。他胖得连路都走不动，不要说跑了。他刚到这里时提着一只小巧的衣箱、一袋黏土和几件制作模型的工具。据说他差点儿死在他父母的手里。白门对他来说是一个安全的地方，一个可以做梦、可以用黏土制作模型的地方，他在这里可以想象他自己的奇异世界。莫莉恩早就对他灰心了，再也不指望他能在谈心的时间开口。他戴着一副像瓶底儿一样的厚眼镜，眼睛看起来巨大无比。他几乎一言不发，对我们也是这样。但这不是害羞或害怕。在他的眼镜背后、那肥胖的身躯里，威尔逊漫游

在自己想象的世界里，用短粗的手指创造着奇迹。一旦他真的开口，便是想让我们了解他奇异的冒险经历，看到他魔术般的本事。我看了看羞怯的老鼠，又看了看一月。一月两腿叉开，懒洋洋地坐在那里，嘴里嚼着口香糖，叹口气，百无聊赖的样子。我看看每个人，想起我们在一起的快乐时刻：夜里十二点，我们还在其中一个人的房间里说悄悄话，吃偷来的糖果，吸捡来的烟头，大口地喝偷来的雪利酒；在河边的旧仓库里疯跑疯跳；黄昏时坐在水泥地的院子里，悄悄地说着心里真正的秘密，谈论着真正的梦想。我们一起坐在这里的时候，就完全变了样。莫莉恩似乎对我们一点也不了解，毫不了解。

"肖恩，你今天怎么一副坐立不安的样子？"她问。

肖恩是老鼠的真名。他噌地跳起来，像一只受惊的猫，脸红了，眼眶里涌出泪水。

"什么事让你着急？愿意告诉我们吗？"

"没……没什么事。"他说，"没……没什么麻烦事。"

她身子前倾，微笑着。

"肖恩，对你的事，我们知道得一清二楚。快点，给莫莉恩和你的朋友们讲一讲。又是你爸爸吗？"

可怜的老鼠，真是个天真的孩子。我跟他讲了许多次，别把实情告诉她。编一个故事，随便编点什么，给她讲一通假话。但他每次都陷进去，这次又陷进去了。他颤抖着、抽泣着，露出胳膊上刻的字。莫莉恩轻声细语地鼓励他把故事讲出来。胖子凯弗站在他身后，挠着大肚皮。

"别缠着他了！"我说。

"你说什么？"莫莉恩说。

"她说别缠着他了。"瘦子斯图在我身后说。

莫莉恩把头一歪，轻轻地弹了一个响舌，对我挤出个微笑。

"你今天不高兴，是不是，埃琳？"她问。

"我没不高兴。不过说真的，别再缠着他了。"

我脸朝着宽阔的窗户，望向外面。外面阳光耀眼，能看到红房子和楼群后边，远处的河水泛着碎银子般的波光。我感到两手正抓着刷了清漆的木筏，舌头尝到了酸酸的

河水。

此时莫莉恩正瞪着眼睛看我。

"埃琳,你好像已经飞到了什么地方。"她说,"告诉我们,你现在到哪儿了?"

"哪儿也没到!"

她又弹了一下舌头。

"我真希望你能听点话!"她说。

"真希望?"

"我们只是想方设法帮助大家。"

我耸耸肩。从冰凉的风里我闻到了海的味道。我闭上眼。自由!自由!

"你要明白,"我听见她说,"像你们这样的孩子……"

"你什么意思?"我说,"像我们这样的孩子?"

我睁开眼。她惋惜地看着我,叹口气。

"你知道我是什么意思,埃琳。生活有了困难的孩子,不能像其他孩子那样理所当然地享受幸福和机会的孩子,必须不停地奋斗才能跟得上的孩子,不是因自己的过错而……”

她用手帕轻轻点了一下嘴唇。

“说这些没意思！”她咕哝了一句，“但你们这些孩子永远成不了世界上最讨人喜欢的孩子……”

我感到自己的身体随着木筏摇摆。我盯住所有的面孔。

“你看看我们，”我说，“我们没什么不正常的。我们能做任何我们想做的事！任何事！”

莫莉恩笑了。你能明白她心里想什么：受过创伤的孩子，心野了，以为什么都会，可最终只能是一事无成，就像她那个没用的母亲。

“我们心里装着你的幸福。”她说。

我感到河水溅到了我的脸上。

“可我很幸福！”我小声说。

“说什么？”

“她说她很幸福。”瘦子斯图说。

莫莉恩噘起了嘴，眼睛瞪着。我看懂了她的眼神：你怎么可能是幸福的？你怎么可能？

接着她很烦地把手在空中一挥。

“今天到此为止，”她说，“等明天大家的心情都好了，再接着说。”

我们一个跟着一个往外走。轮到我往外走时，莫莉恩抓住了我的胳膊。

“埃琳……”她叫住我。

“什么事？”

“你为什么老和我作对？你是怎么回事？”

我弹了一下舌头：

“你是说，你是怎么回事？”

她噘起了嘴。

“你有时太难对付了！”她说，“我不知道该怎么跟你说话！”

“难对付！”

“你会让人很伤心的。”

“伤心？”我反问。

她看着我，眼里闪着泪花。

"对，伤心。你是一个相当坚强、聪明的女孩儿。我以前经常想，在所有这些孩子里，你将是一个……"

"是一个什么？"

她摇摇头，垂下了眼皮。

"一个能够帮助我的女孩儿，我这么想。一个帮助我做工作，因此也帮助了别的孩子的女孩儿……"

没救了！自我来到白门以后，就有某种东西夹在我们两人中间，使我们相互充满怨恨。我扭转身，背对着她。

"我以前总以为……"她低声说。

"以为什么？"

"如果我有一个女儿……"

我等着她说。

"那会怎么样？"我紧接着问。

"如果我有一个女儿，她就会像你一样，埃琳。"

我转过身来，瞪着她。

"这就是你想说的话，对吧？"我说，"如果你有一个女儿，你就会好好地照看她，比我妈妈强！如果你有一个

**国际安徒生奖**儿童小说

女儿，她就不会流落到白门！如果你有一个女儿，你不会那么没用，像我妈妈那样走掉，死掉！说吧，你就直说了吧！你会比我妈妈强！"

我从那个房间跑出来，看见一月在台球室。

"今天下午。"我悄声说。

他咧嘴一笑，做了个鬼脸。

"今天下午。"

# 第四章　拍动翅膀飞起来

我走到楼上，开始收拾东西，从床底下拉出一个小背包，往里边装些衣服，还有一些食品。这些食品都是我攒下来的：几瓶可乐、几袋炸土豆片、一包饼干。我把上次逃出去玩时买来的小刀和手电筒放进去，把一块香皂、一瓶洗发液和一块小毛巾放进去。我数了数攒下的钱：三镑零二十七便士。然后，我从一个抽屉的最里头拿出了装宝物的纸盒子。

我解开捆着盒子的丝带，把盖子打开，从里面拿出那一绺妈妈的头发，她的鹦鹉形耳环，我们在自家小房子前照的已经起皱的照片，在医院照的她正怀着我的照片，她的唇膏、指甲油，她的最后一瓶香水。我把这些东西放在枕头上，薄薄地涂了一层她用过的晚霞色的唇膏，往小指甲盖上涂了一点指甲油，"黑郁金香"色的指甲油。我把她的"黑天鹅绒"香水往指尖上倒了一点，然后把指尖摁在

脖子上。我躺在床上，躺在黑影中。一阵轻风从窗外飘进来，我闭上了眼睛。

"妈妈！"我轻声喊，"妈妈！"

没有回音。

我深深地吸气，把她的香气吸到心里。

"妈妈！"

我想起了和妈妈一起幸福地住过的小房子，想起她怎样大声地笑，怎样和我一起玩。我记得在面对外边的世界时，她的眼神是多么严厉，而当她看着我时，眼神又是多么温柔。她经历了那么多悲痛和烦恼，可她常说，对于过去发生的事，她不在乎，对于将来可能发生的事，她也不在乎。我们在圣加布里埃尔一起度过的时光永远是她的乐园。

"妈妈！"我轻声地喊，"妈妈！妈妈！"

我想起了她的全部故事，想起了她遇见我父亲的故事。那时她年纪只比我现在大几岁。他在一艘外国拖网渔船上干粗活。为躲避海上的风暴，渔船逆流而上进了码头。他

给她讲了许多海员在海上冒险的故事，用爱情的甜言蜜语
迷倒了她。他们在码头上的一个廉价小旅馆里度过了一夜。
第二天早上，她独自一人醒来后朝窗外望去，只见他的船
正一摇一摆地向大海驶去。她说她站在窗前远望的时候已
经感觉到新的生灵——我——在她体内有力地颤动和燃烧。

"妈妈！"我轻声地喊，"妈妈！"

我深深地呼吸，然后睁开眼睛。我盯着那张在医院拍
的妈妈怀着我的照片。我那么小，在她肚子里游泳，挥着
手臂，踢着腿。那条带子将我与她连起来，她吃的东西就
是我吃的东西，她的血就是我的血。我还记得其他的故事：
她为我的出生做准备，从慈善组织"乐施会"①买来小床，
在房间的墙上贴上天使和仙女的画片。随着我在她肚里长
大，随着她的乐园临近，她越来越兴奋。她常常温柔地托
着肚子。她已经在轻轻地喊我的名字：埃琳，埃琳；她为
我唱歌，对我说我出生后我们在一起将是多么美妙。

---

① 乐施会是从事国际发展和救援工作的非政府组织，于1942年在英国牛津成立，
原名牛津饥荒救济委员会。

"妈妈!"我轻声地喊,"妈妈!"

我脑海中显现出她明亮的绿眼珠,还有围着她漂亮脸蛋的火一样的红头发。我看见她晃动着的鹦鹉耳环、涂得鲜亮的嘴唇、发光的黑色指甲,想象着她的抚摸、她的声音。我记得在圣加布里埃尔的日子,那时我们不仅是母女,也是最好的朋友。我们很快乐,不需要其他任何人。但有时我们真的谈起,如果她遇到了一个男人会怎么样,谈起还会有其他孩子出生——我的弟弟,妹妹。你愿意吗?她常这样问我。我也常这样回答:愿意,真的愿意。在梦里我看见了他们,那些弟弟、妹妹,他们是那么温柔、那么可爱、那么快乐。

"妈妈! 妈妈!"

我记得她在医院。那时我十岁,只有十岁。他们给她注射越来越多的吗啡,给她止痛。她一会儿清醒,一会儿进入梦境。我记得她在床上探出身子,用手轻轻捧住我的脸,低声说,她已经没有办法了。她感到她在水上漂流。她对我说别哭,说她永远和我在一起,永远。我抓住她的手，她的手越来越冷，越来越冷。

"妈妈！妈妈！"

最后她醒过来了，低声说："埃琳，埃琳。"

我感到她的手搭在我的肩膀上，她的气息吹在我的脸上。我听到她声音中的笑意，感到她搂着我，就像我小的时候那样把我搂在她的怀里。我躺在她身旁。

"我爱你！"我小声地说。

"我知道。我也爱你，埃琳。我永远爱你！永远！"

"我要乘一月的木筏走了。"

她咯咯地笑。

"我知道。"

"你会跟我一起去吗？"

"我永远跟你在一起，埃琳！"

我们在那儿躺了一会儿。我已经不是在白门了。我们一起待在圣加布里埃尔小区边上我家小房子前的小园子里。园子里开满了鲜花，结满肥嫩的醋栗。海鸥在不远处河的上方，一边飞一边凄厉地叫唤。我抓着妈妈的手。她对着

我的耳朵轻柔地唱起了《博比·沙夫提》①。她把几颗小小的薄荷糖果塞进我的手里。接着她用嘴唇吻了一下我的额头，我们又回到了白门，回到了我的小房间。我知道她很快会离开我的。我梦见了木筏、河水，漂流而去。我还会回来吗？

那只鸟飞来了，我们笑了。鸟先在窗顶上停了一秒钟，朝里面望了一眼，点点头，然后飞进了屋里。这是一只翅膀敏捷的小黑鸟，一只在回窝的途中迷了路的好奇的小麻雀。它在我们头顶上扑扇着翅膀，在屋里飞了好几圈。

"小鸟！"我说，"看，小鸟！"

我们哈哈地笑。

接着，小鸟飞回到窗户上，停下，回头看了一秒钟，然后箭一样地飞入小区的上空。

我坐直身子，用目光追着它。

---

① 《博比·沙夫提》是英国诺森伯兰郡一带的民歌。歌词大意是：博比·沙夫提出海去，裤管上缀着银扣子。他会回来把我娶，英俊的博比·沙夫提。博比·沙夫提英俊又美丽，红褐色的头发梳得真仔细。他永远是我的好朋友，英俊的博比·沙夫提。

我们又哈哈地笑。

"真好玩!"我说。

"生命鸟!"她说。

"生命鸟?"

"我们从黑暗中来到这个世界,不知道从哪里来,也不知道到哪里去。但是,既然来到了这个世界,如果够勇敢,就该拍动翅膀飞起来。"

我琢磨着这些话。

"懂了吗?"她问。

"我觉得懂了。"

她露出一丝笑容,又轻轻地一再叫我的名字。

"它会回来吗?"我问。

"谁知道呢?也许它已经知道了这个地方,会经常回来的。"

我们听见楼房里孩子们的吵闹。

"去吧,埃琳,快下去吧,一月正等着你呢。"

"你会跟着我去吗?"

"我跟着你去，快点吧。别老是跟我待在黑影里，拍动你的翅膀，飞走吧。"

这时，她不见了。楼底下只有电视机的声音。有人在楼上哭泣。我轻轻地把宝物放回盒子里，系上丝带。我把盒子放进背包，深吸了一口气，下楼去找一月。

# 第五章　出　逃

看见一月时，我禁不住大笑起来。他穿了一身逃跑的衣服：黑牛仔裤，黑粗呢外衣，带有发亮的红杠儿的黑球鞋，黑色的无檐帽。他正在台球室，跟毛孩·斯马特玩球。他的背包靠在墙根。他使了个眼色，进了最后一个球，对毛孩说，不能再玩了。大家都知道正在发生着什么事。毛孩咧嘴一笑，使了一个眼色。芬格斯凑到我身边。

"你会回来的，对吧？"她小声地问，"是不是呀？"

我们快快地拥抱了一下。

"当然会回来的！"我说，"他们不会让我们走远的，很快会发现我们，把我们送回来的。"

我笑一笑，但心里想，他们怎么可能在河底或海底找到我们，然后把我们送回来？

威尔逊·凯恩斯面对墙坐着，面前是一张小桌子，他又在用泥巴捏什么。这是他最喜欢做的事，每天都做。莫

莉恩说这对他有好处，能让他重新捡回一部分已经失去的童年。他面前放着一大块泥巴和一大盆水，双手和桌面都脏兮兮的。他捏了一小群泥人。他把一个泥人举到眼前，用嘴吹一吹，然后提着泥人在桌子上走。我碰碰他的肩头，说我们会很快再见的。

"可能吧！"他说。

他身子动也不动，只顾着让泥人在桌子上走路。

"什么？"我说。

他一边继续让泥人走路，一边扭过头来，透过厚厚的镜片盯着我，眼睛一眨也不眨。

"有可能！"他小声说。

他的手离开泥人，泥人站在那里。

他盯着泥人看。

"你看见它动了吗？"

我盯着泥人看。

"没有。"

他又看看我，好像能把我看穿，能看到我身后有什么吓人的东西。

"你得一直看，紧盯着看。要不然你看不到。"

"好！"我说，"我一直看。"

我正要转身离开。

"我听你说了。"他说。

"啊？"

"我听你说了，你说我们能做任何我们想做的事。"

"对。"

"我明白这个道理了，连我也明白了。我们能做任何事。"

他的目光变了。他的目光全集中在我身上。他很少这么专注地看过这里的任何人，也很少这么说话。他用手指去碰一下那个泥人。

"任何事！"他说，"就连我也是，我这个冲着墙玩泥巴、玩水的人也是。我什么事都能做……"

我摸摸他的头。

"我知道你都能做。"

"就连我，就连我，威尔逊·凯恩斯，又粗又胖又丑的凯恩斯！"

我笑了。

"你真可爱，威尔逊。"我说。

"你会回来的。"他说。

"会的。"

"我会等着你，埃琳·劳。我会一直想你的。"

他屏住呼吸。

"看见了吗？"他很小声地说。

"什么？"

他拿起那个泥人，眼睛凑上去，用嘴吹一吹。我看见它动了吗？我是不是看见它的泥胳膊伸出来像活人一样？我是不是看见泥人往前躬身想要离开威尔逊？或者只是灯光的缘故？是威尔逊的手在颤动？只是因为我想要看到？

"我说不准。"我说。

他透过那副厚厚的镜片望着我。

"你会看到的。"他说，"我盼着你回来。出走很容易，不容易的是又回来。"

我摸一下他的头，弯下腰对他笑。

"我会很快回来看你的，可爱的威尔逊·凯恩斯。"

"你要一直看！"他低声说。

"我会的，我会一直看的！"

"那好。回来吧，回来接着看。"

我离开他，去找一月。胖子凯弗来到了门口。

"你们两个没在搞什么阴谋吧？"他说。

"好像我们会似的。"我说。

"好像我们会似的。"一月说。

凯弗把一只拳头在脸前一晃，又摇摇头。接着，他又耸耸肩。我们干什么他是不在乎的，只要用不着他追我们，只要他领到工资又能免费吃三顿饭就行。我看看他，禁不住咯咯地笑了，我想起了他大肚皮碰到桌子后发出的响声，想起了他狼吞虎咽、鼻子里呼噜作响的样子。此时，他瞪着猪眼，看着我。"小姐……"他说。

我想起了他怎样对待那些被吓坏了的孩子，想起了他

咄咄逼人地把脸贴近他们，想起了他说过他知道怎样对付那些不学规矩的孩子。

"猪！"我悄声说。

"你说什么？"

"没说什么。"

他把脸转过去，嘴里嘟囔着脏话出去了。

"猪！"我喘口气，"猪，猪，猪！"

我吻了一下马克西·罗斯。接着，一月和我便往外走。瘦子斯图靠墙站着，手心里藏着一个烟头。他的衬衣敞着，瘦肋骨在下午的阳光里显得格外刺眼。他挥手把油腻腻的头发往后一拢。

"喂，嗯？"

"嗯。"一月说，"我们去享受一顿小小的野餐。"

"我们会回来吃晚饭，斯图。"我说。

斯图弹了一下烟头的灰，指着天上。

"嘿，看见了吗？"

"看见什么？"一月问。

斯图"嘿嘿"地干笑着。

"小子，那一大块乌云。"

他吸了一口烟。

"晚饭时见吧。"他说。

我们穿过大铁门。在经过大铁门时，我还扭转身子往回望了一眼。我想看到莫莉恩在看着我们走，想看见她因为我们走而掉眼泪，但只看见威尔逊在那里，他在台球室紧靠着窗户，通过厚眼镜望着我们，或者望着远远的在我们前头的什么东西。

太阳已经落到屋檐上。我们从小区中间穿过，来到了可以俯瞰河水的那条街，那是我和我妈妈住过的地方。我们经过我和妈妈住过的小屋。园子里的花草好久没有人修剪了。前门上尽是狗爪或其他动物的爪子抓挠过的痕迹。屋里传出刺耳的音乐。我扭转头，急急地往前赶路。河对岸的城市在喧闹着。大桥反射着阳光。河水波光闪烁。我们来到圣加布里埃尔外面的一片废地，这里原有的仓库和房屋都被拆了。

一月握紧了双拳，对着空气用力捶击。我用脚狠踢地面，弄得尘土飞扬。

"自由啦！"我们呼喊着，"自由啦！"

我们开始连蹦带跳地朝河边跑去。这时，我们听见老鼠·格莱恩在喊。

"埃琳！一月！你们在干什么！你们要去哪儿？"

# 第六章　木　筏

老鼠坐在路边的一块旧镶边石上，拿着一只旧汤匙在土里挖着什么。

一月嘴里骂了一声。

"别理他！"他说，"快点走，就当没看见！"

老鼠跳了起来。

"埃琳！一月！"

他冲着我们跑来，两手又黑又脏，脸上也满是泥污。吱吱叫站在他的肩膀上晃来晃去。

"埃琳，看我找到了什么！"老鼠说。

那是一只小小的蓝色塑料恐龙。

"还有这个。"他说。

他从口袋里掏出一只很小的玩具小汽车。没有轮子，车里塞满了泥，泥是干的，车上的油漆也全部脱落了。

"还有钱！"他咧着嘴笑，拿出一枚五便士硬币让我

们看。

"真棒!"我说,"老鼠,这些东西真好玩!"

他总是在挖土找东西,收集各种物件。他的房间放满了他的发现,这些东西都擦干净了,放在架子上或地板上。他说土里藏的旧东西很多,他终有一天会从这又冷又黑的土里找到真宝物,找到真正珍贵的东西。

一月嘴里又骂了一声。

"快走吧!"他说。

"带我一起走吧。"老鼠说,"我知道你们要逃走。"

"我们不能带你。"我说。

"埃琳,求求你了。"

"很危险的。我们要从河里走,很可能被淹死。"

"求求你了,埃琳。"

一月使劲拉我的胳膊。他嘴里又在骂了。

"走开!"他冲着老鼠低声喊,"快点,埃琳。"

我们转身继续往下走。老鼠紧跟着我们,一步不落。我们从大堆大堆的瓦砾上走过去,这些瓦砾都是拆除了仓库和厂房之后留下来的。我们从灰烬和烧黑的泥土上走过去，那是小孩子们点篝火的地方。地面已经毁坏了，到处是裂缝和坑。几只乌鸦在碎石烂瓦中间一跳一跳的。一只野鼠从我们前面的路上慌慌张张横穿过去。有一个铁丝网围墙，上面的几个牌子上写着"禁止进入"。我们爬过围墙，又急急地往前走。"这边，"一月不住地说，"这边，这边。"我们快步往前走，甩着胳膊，昂首阔步。不一会儿，老鼠被抛在了后边。我们捡起半截子砖头和碎裂的混凝土块，高高地摔入空中，然后听见它们"哗啦啦"地掉在地上。

　　太阳落得更低了。远处的荒野在天空的衬托下只显出一个黑黑的轮廓。能听见水声了，在距我们一百码的地方，河水冲击着古老的码头，发出"哗哗"的响声。河水反射着落日的余晖，就像用锤子砸出的亮晃晃的长铁板。它卷起缓慢的、长长的波浪，一起一伏地朝远方的大海流去。

　　"在这儿。"一月终于说。

他在一堆碎砖和烂木头跟前蹲下来，动手把砖头和木头拿开。

"你也来。"他说。我也赶紧蹲下来一起拿。

"看!"他悄悄地说。

我们看见一扇门的一角，这是木筏的一个角。一月咯咯地笑了。

"出来吧，我的美人!"他说。

我们接着挖，把碎砖、碎木头扔到一边。我们把木筏侧着端起来，顺势一倒，上边剩余的碎砖、碎木头哗啦啦掉下去了。我们把木筏拖出来一些，然后"咣当"一声把它扔在地上。

一月高兴得合不拢嘴。他用手把木筏上的灰尘擦去。

"够棒的吧，埃琳?"

木筏是用三个门板拼成的。门板上面横放着几块木板，用钉子钉在一起。三个门板上写着几个字，几个带有裂纹的镀金字：入口　危险　出口

在木筏上，一月还用红漆写了一句咒语：谁要是偷了

这木筏，就让谁马上进地狱！

　　"不棒吗?"他说。

　　"棒!"我说着，扭头去看那颜色越来越暗的河水。

"真棒!"

# 第七章 "请照看我"

一条很长的绳子系着木筏的一角。旁边还有两只用旧窗框劈成的桨。我们把桨扛在肩上，拖着木筏从破裂的地面上穿过。不知什么时候，从废墟里冒出几个小孩子。他们站在土堆上看着我们。木筏让我们拖得"嘎吱嘎吱"乱响。

太阳落下去了。我的心"咚咚"猛跳。我们来到码头上，望着打着漩涡的、浑浊的河水。

"我的天！"我说。

一月笑了。

"吓坏了吧？"他问。

"没。吓傻了。"

他咯咯地笑。

"我们把木筏扔下去，然后跳上去，这样就可以走了，很简单。"

"要是往下沉怎么办？"

"你会游泳吧？"

"会。"

"那不得了！"

"我的天，一月。"

他露出狡猾的目光。

"我的天，埃琳。"

他忽然大笑，一脚把木筏踢下去。

"你看，结实得像石头一样。这玩意儿不会沉的。"

我不知道我能不能跳下去。我朝下望着河水。随着夜幕降临，河面上开始出现雾气。

"咱们走路也行呀！"我说。

"走路！你的冒险精神哪儿去了？"

我和一月都蹲下来。他直直地盯着我的眼睛。

"咱们还怕失去什么？"他问道。

"性命！"我心里说。

"没什么。"我说。

"咱们是两个人，咱们一起冒这个险。"

"是啊。"

"那不就得了！"

我深吸了几口气。

"可以了。"我小声说。

这时老鼠站在了我们身边。

"带我去吧！"他说。

"回家去！"一月说。

老鼠把一只袖子挽起来，露出了胳膊上刻的字：**请照**
**看我**

"求求你！"他说。

我看着一月。

"我的天，埃琳。"他说。

"你会游泳吗？"我问。

老鼠摇摇头。

"求求你了，埃琳。求求你。"

"一月，"我说，"你说呢？"

他骂了一声，朝地上啐了一口唾沫。

"真他妈的倒霉！"他咕哝了一句。

他揪住老鼠的领子。

"你身上带了什么？"

"带什么？"

"吃的！钱！衣服！刀！"

老鼠拿出小恐龙、小汽车、五便士硬币。他还从后兜里掏出一张裂了缝的照片，上面有一群穿着工作服的男人。他一只手轻轻地握着吱吱叫。

"吱——"吱吱叫说，"吱——吱——"

"妙极了！"一月说，"浪头打来的时候，这些东西掉到河里太容易了。"

他推了一把老鼠。

"回家去！"一月说，"回去听凯弗讲鬼故事还来得及。"

"回家？"老鼠说，"我没有家。我和你一样，没有家好回的。我哪里都能去，求求你！"

"你会淹死的！"一月说。

"我不在乎，我什么也不在乎！求求你！求求你！"

老鼠举着那枚五便士硬币。

"我付你钱！"他说。

"付钱?"一月大笑。

"拿着！"老鼠说，"拿着呀！求求你了！这是我的船票。拿着，带我去吧！"

黄昏降临。太阳像一个巨大的橘黄色的球落到了荒野的后面。城市上空开始出现火红的晚霞。河面上的雾气越来越浓。我们静静地站在码头上，望着河水出神。

"木筏够大的。"我小声说，"三个人，三个门。"

我碰了一下一月的胳膊。

"我来照看他。"我说。

"我的天，埃琳！"他说。

接着他耸耸肩，接过了老鼠的五便士硬币，咧嘴笑笑，弯下腰，又去搬那木筏。

"来吧！"他说，"我们一起走，都上木筏。"

我们把木筏推到河沿。木筏半截悬空停了一下，然后扑通一声掉进水里。一月拽着绳子，木筏浸到了水里，看不见了。在底下待着吧，我心里想，别再上来。这时它却浮了上来，在水上漂着，不再下沉。

一月笑笑，抓住我的胳膊。

"来吧!"他说。

他冲着老鼠笑。

"来吧，来吧，你也来。我们都上去。"

# 第八章  自由啦!

这是不是我一生中最可怕的时刻? 不是。最可怕的时刻是我妈妈最后闭上眼睛,把我一个人扔在世界上。但我的头还是发晕,心咚咚地跳,腿不住地发抖。我把脚伸出河沿,踩着码头的腐朽木头往下爬,这时我觉得我是在往死神跟前爬。老鼠在我旁边,也往下爬。他不断地给我鼓劲。"别害怕,埃琳。"他小声说,"别害怕,埃琳。"一月在上面看着我们下。他使劲往后拉着绳子,不让木筏漂远,但是木筏离我们仍有三尺远。

"跳!"一月大声喊,"快点,跳!"

老鼠先跳了。他脸冲下,落到了木筏中间,但两只脚落在了水里。他笑了,把身子扭过来。

"跳吧,埃琳!"他大声喊。

"妈妈!"我小声喊,"妈妈! 妈妈!"

我闭上眼,跳了下去。木筏刷过漆,上面还有漫过来的一层水，很滑。我在木筏上滑了一下，一屁股挨在中间，和老鼠坐到了一起。一月把桨扔下来。接着，只听一声尖叫，他扑通一声落到我们身上。木筏倾斜了，然后横着转了出去，立刻被水流带起，我们就这样被带走了。

我们瞪大着眼睛，你看我，我看你，大口地喘着气，惊恐而又兴奋地大喊大叫。木筏旋转着漂到了河的中间。天空红得像火，河水就像熔化后流动的铁水。大桥从头顶上过去了。我们很快就全身湿透，不由得挤在了一起。水流更快了，将木筏带进越来越厚的雾气中。一月突然跳起来，张开双臂，冲着天空。

"啊——"他拉着长音高喊，"啊——！自——由——啦！"

木筏晃动起来，他一个趔趄，又倒在我们身上。

他两眼喜得发狂，满面红光，就像天空中的晚霞。

"自由！"他小声说，"自由，埃琳！"

# 第九章　顺流而下


河水汹涌，漩涡不断。轻风吹过后，河面涌起层层细浪。我们被拉到河中心，又被推回到岸边。我们使劲划桨，但两只桨太细，不怎么顶用。有那么一会儿，木筏被水流拽着朝上游漂去，似乎要回到那遥远的荒野，而不是漂向远处的大海。这时水流忽然转向了，木筏又朝下游漂去。我们浑身湿透，冷得发抖，很快觉得河水仿佛浸到了骨头里。天越来越黑，越来越黑。城市开始亮起来：诺顿码头上，酒吧和夜总会的门口亮起了耀眼的灯光。河那边响起了音乐。人们穿着轻薄的浅色衣裳，聚在那里准备打发夜晚的时光。一群姑娘指着我们，跳着吉格舞①，大声唱着《博比·沙夫提》。另外一些人看着我们，神情严肃，可能是担心我们的安全。一月也冲着她们大声唱了一段《博比·沙夫提》。"晚上去划桨，真棒！"他高声喊。姑娘们

① 英国和爱尔兰的传统舞蹈，通常为三拍子快步舞。

大叫起来。河水载着我们冲向她们，接着又飞快地把我们抛回到河中间。我们挥着手，想让岸上的人放心，也是为了安慰自己。"我的天！"一月不停地说。"我的天！"我接着他的话。"我的天！"老鼠小声说。他紧紧地抓着我，一点儿也不敢放松，牙齿咔嗒咔嗒地响个不停，嗓音也微微颤抖。"很快会好的！"他说，"真的！很快会好的！"他的眼里涌出了泪水。"埃琳！"他惊恐地大喊，"埃琳！"

　　河水裹着我们奔腾直下。我们好像漂到了河中心的水流上，很快就远离了灯光，远离了声音，漂向浓雾，漂向黑夜。月亮出来了，一个明亮的大球，但它四周的天空格外黑。星星开始闪耀，先是稀稀的几个，一会儿便布满夜空。木筏经过了黑暗的郊外，经过了那些破败的码头：到处是废弃的仓库，到处是破碎的铁轮子。巨大的广告牌向人们讲述着拆旧房建新房之后这个地方会变得怎样美好。路过漆黑的地段，那里什么也看不见。河水散发着油味和腐臭。空中还飘荡着海盐和海草的气味。我们经过那条名叫"乌斯波恩"的溪流，在溪流与河水交汇处，遇到了更

**国际安徒生奖**儿童小说

多的漩涡。然后便是雾气，起初是薄雾，透过薄雾能看见月亮和星星。但雾气不断变厚、变浓，很快，除了我们三个人、木筏、漩涡、雾，什么也看不见了。我们的声音浑厚起来，一说话便能听到回音。我们相互望着，紧紧地相互抓着，担心谁会掉到水里淹死，担心三个人都会淹死，担心这场漂流完全变成一次走向死亡的旅行。我们悄声地祷告上帝，大声地喊救命，把桨忘得一干二净。我们随水漂流、摇摆、倾斜、旋转，然后慢了下来。木筏猛地一撞，一颤，停住了。只有水轻轻地从木筏上流过，木筏在我们身子下轻轻地"吱吱"作响。我们大口地喘着气。四周一片寂静。

# 第二部
## 黑泥滩上的奇遇

他们怎么能想象到会在那里发现天眼？天眼，这个本来会在海里淹死但后来在泥滩上得救的女孩，这个女孩的秘密故事只有爷爷知道，而爷爷不讲……

# 第一章　陷进去了

泥，黑的、黏的、油腻腻的、臭烘烘的泥。一月第一个壮着胆子将身子探出木筏。他又把手伸出去探，本来是应该探到水的，但他摸到了泥，黑色的泥。泥沾了他一手，还顺着手指往下滴。木筏完全不动了，泥慢慢地漫到了木筏上，漫到了我们衣服上。泥又透过衣服浸到了我们的皮肤上。我拿出手电筒，打开，看见门正往下沉，门上的金字和红漆写的咒语已经被盖住。泥越来越厚，我们正慢慢地被稀泥吞噬。"我的天！"我们小声地叫，"我的天！"我们爬到一起，相互抱着，脚、脚跟和膝盖都泡在了泥里。

"黑泥滩！"一月说。

"什么？"

"黑泥滩！咱们陷在可怕的黑泥滩里了！"

我拿手电筒照他的眼睛。

"得赶快出去！"他说，"要不，会被污泥吞掉的！"

国际安徒生奖儿童小说

我们往外拔身子，想挣脱出来，可木筏又往下陷了一些。

"我的天！"我小声地喊。

我拿手电筒往雾里照。身后是水，眼前是黑泥，雾厚得连光都照不透。

"再往前一点点就会有干地的。"一月说。

我们伸着胳膊使劲往外探，去摸干地。可只有泥，湿的、黑乎乎的、要命的泥。我们瞪大着眼睛互相看，大口地喘气，吓得抽泣起来。

"得有人先上去，埃琳。得有人先带着绳子爬到干地上去。"

我们相互盯着看。

"我来！"老鼠说。

我没同意。

"你连游泳都不会。"我低声说。

"你比我轻。"一月说。

"我知道我比你轻。"

　　我用牙咬住手电筒，拿住绳子的一头。我从木筏边上慢慢滑出去，两条腿跨着，两只手臂张着，往前爬，不停地爬。我往前滑动，觉得任何一秒钟我都有可能爬不动，沉到黑泥滩里。我小声地喊着妈妈，但妈妈没有回答。老鼠和一月在背后喊我。我说不了话，嘴里咕哝着、哼哼着。我往前滑动，根本没有干地，没有干地。我的脑袋里装的尽是雾气和黑暗。我哭了。有一小会儿，我停下不走了。我对自己说，这就是我乘木筏跑出来要得到的结果。我是寻妈妈来的，她在黑泥滩的最底下等着我。泥开始慢慢把我吸进去。我感到泥在我四周越积越多。这时候，如果我干脆撒手，从这里沉下去，让自己坠落到她身旁，如果我的嘴里灌满了泥，眼睛和耳朵灌满了泥，周围什么都没有，只有泥把我紧紧裹住……我感到我可能会得到一种巨大的满足。

　　这时我听见了她："埃琳，埃琳。"我感到她的手抱着我，不让我沉下去。"埃琳！"她悄声说，"别停，别泄气。"她帮我拔出了身子，托着我，让我继续爬。我身子使劲往

前够。终于，够到了干一些、硬一些的地。我把身子从泥里拔出来，爬上去。我跪在那里，不停地抽泣，说不出话来。他们在喊我，我听到他们话音里的恐惧。我拉动绳子，绳子拉直了。"没事了！"我大声喊，"我没事！"我让他们拉着绳子朝我这里走。他们拉住绳子往前走时，也是在泥里和黑暗里滑动。我们相互用手电筒照着。我们是黝黑发亮的、哆哆嗦嗦的东西，就像一亿年以前由水、泥和黑暗生成的小动物一样。我们紧紧地抱在一起，再也不放开。不知过了多久我们才从噩梦中醒过来，才松开手。这时一月往地上啐了一口唾沫，大声咒骂。

"这个鬼木筏！"他说，"还得把它拔上来。"

他看着我们。

"刚到这倒霉的第一站就把木筏丢掉，这可不成。只漂到黑泥滩这鬼地方，这可不成！"

于是我们拉起了绳子，吼着，骂着，慢慢地把木筏拉到了我们身边，然后又把它拖到了干地上。我们躺在那里，一点力气也没有了。

这时我感到她的手扶在我的肩膀上，听到她的声音。我转过身，第一次看她的脸，她那苍白的、恳切的眼睛正注视着我。

"我的姐姐你是吗？这两个人我的哥哥是吗？"

她说话有点儿奇特。

# 第二章　跟着天眼来！

她的手指间有蹼，脸像月亮一样白，眼睛像月亮一样圆，还是浅蓝色的。她的声音又高又轻，充满柔情。

"是你？是你？"她说。

老鼠吓得尖叫了一声。一月紧握着刀。我们往后退，退回到黑色的湿地里。她向我们伸出手。

"别回到泥滩去，我好久不见的姐姐，好久不见的哥哥。"

我们感到泥又在吸我们。

她哭了。

"别再退了！"

"啊，见鬼！"老鼠哭着说，"啊，见鬼！啊，见鬼！"

我又摇摇晃晃地回到干地上。老鼠和一月也摇摇晃晃地回来。我们蹲在一起。一月和我都用手电筒照着她。

"你们得跟我来。"她说。

她又把带蹼的手指放在我的胳膊上。

她叹口气。

"你叫什么?"她问道。

"埃琳。"

"啊,姐姐的名字起得这么好听。"

她的两眼射出喜悦的光芒。

"这么久了我等了,埃琳。你现在得跟我去见爷爷。我对他说我真的看见了你。你现在得过来让他亲眼看看。"

我们没有动。雾气从手电筒的光柱里飘过。

"他在等着呢!"她说。

"谁?"一月问。

"爷爷,我的爷爷,你们看。"

她转过身子。雾气少了,手电筒照出了她身后的一个人,正在看着我们。他高个子,黑得像夜、像泥。他穿着短裤和大厚靴子,一手提着水桶,一手提着大铁锹。

"来了他们,爷爷!"她高声说,"我不是跟你说过吗?我的宝物出来了,从黑色的黑泥滩里!"

他看着我们,眼睛闪闪发光,咳嗽一声,啐了一口。

"我的乖乖，把他们推回到水里去！"他说。

"不，爷爷！"

他朝我们跟前迈了一步，举起了铁锹。

"让我来把他们铲回到污泥里去！"他说。

"不，爷爷！"

他站着没动，看着她。

"他们对你没什么用。"他说。

"爷爷，可能这些真的是我的宝物，终于来了！"

他从脸上抓出一把泥，把泥扔回到泥滩里。雾气又上来了，往他身上爬。

"把他们带过来！"他说，"我们看看能看见什么。"

我们听见他转身，然后"哗啦哗啦"地迈着步子走了。

"爷爷，我会把他们带过来给你。"她说，"你先去洗一洗，我把他们带过来给你。"

她朝我们伸出手。

"来呀！"她说。

我们没动。

"有暖和、舒服的地方，还有吃的！"她说。

"他会杀掉我们的！"一月说。

"不会。"她说，"他会爱你们、照顾你们，就像爱天眼、照顾天眼一样。"

"你叫天眼？"我问。

"我叫天眼，我的姐姐。"

她眼里放出光来。

"你们一定得来！"她说，"泥滩是有危险的。赶紧过来吧，要不河水涌上来会把我们都冲走的。"

我看看一月，看看老鼠。我们没有什么办法。

"来吧，来吧！"她唱起来。

她领着我们穿过干地。我们后边还拖着木筏。我们把木筏系到一个古老的系船环上，然后跟着她，攀上一个旧梯子，来到旧码头上。她往上爬的时候，我们看见她的脚趾间也有蹼。她上去之后，伸手拉我们上去。她的手伸到了我们面前，吓得我们往后一缩。她笑了。

"别害怕，我的姐姐，我的哥哥，"她说，"让你们害怕

的这里没什么。"

她又把手伸向一月和老鼠。

"你叫什么?"她问,"你叫什么?"

"这是一月·卡尔,"我说,"这是老鼠·格莱恩,我是埃琳·劳。"

"啊!"她唱着,"多么可爱!真可爱!来吧,来吧,跟着天眼来!"

# 第三章　看门人

我们走到码头上，走出了雾气。这里有歪歪斜斜的仓库、坍塌的墙壁、黑洞洞的小巷。屋顶塌陷了，椽子也乱七八糟地翘起来，指向静静的夜空。地面上到处是裂缝和坑。泥水从我们身上流下来，溅到地上。

天眼向我们招手。她拐进一个小巷，一下子没入黑影中。

"来呀，"她说，"来呀，来呀！"

她领着我们左拐右拐，走过许多条小巷和过道，浅色头发在我们眼前跳动，飞扬。她几次停下来，眼里闪着热切的光芒，等着我们赶上来。她的嘴里不停地唱着一个词：来呀，来呀，来呀！我们有时撞到了墙上，有时一脚踩进了坑里，有时手碰到石头上，手背擦破了皮。我们绕来绕去，弯腰穿过很低的门，从破旧的楼房里嘎吱乱响的地板上走过。借着月光，我们看见警告危险的红牌子。有的地

方画着警卫和龇牙咧嘴的大狗。到处看见这样的牌子：禁止入内！禁止入内！禁止入内！我们跟着天眼，跟着她的瘦腿、浅色头发、发亮的眼睛、唱歌一样的声音。跟着，跟着，跟着，跟着。

我们走进一个很大的楼房里。月光透过破碎的天窗，射进几束楔形的光柱。楼内有几台巨大的、黑乎乎的机器，机器上方有几尊鹰和天使的雕像；地板上尽是碎砖石、废纸、碎玻璃；还有几堆摞得高高的、快要倒了的书、报纸、杂志。

她停下，头顶上方是一对张开的、巨大的黑色翅膀。

"这地方是印书的。"她问，"看见了吗？"

她弯腰从脚跟前捡起一把金属字母。

"看见了吗？"她说。

她张开手，字母又"叮叮当当"地掉回到地上。

"可这是很久很久以前的事了。"她说。

她笑笑，眼里放出光芒。

"爷爷是这里的看门人。"她说，"那边写着呢，你们瞧!"

她转过头,望着一个用木板封起来的窗户。从木板的缝隙里射进来几丝微弱的光线。窗户旁边的门上有一个白色的牌子,上边模模糊糊地写着:**看门人**

"他在等着我们呢!"她说,"他现在可以见你们了。"

一月和我相互看着。一月又把刀子握紧了。

"进来吧,"她说,"都进来吧。"

她拧一下门把手,推门进去。

"都来了他们,爷爷。"她唱着说,"他们浑身湿透了,冻坏了,哎呀,也吓坏了。"

爷爷弓着背,坐在办公室中间的桌前,在一个又大又厚的本子上写着什么。桌上和挨墙放着的架子上都点着蜡烛。小小的壁炉里,烧着微弱的炭火。我们跟着天眼进了门之后便站着,他抬起头望着我们。长长的、散着的黑头发,黑胡子,脸上布满皱纹,皱纹里沉积了多年的黑土。他挨个将我们看一遍,蜡烛的光芒在他明亮的眼睛里闪烁。这会儿,他穿着一件黑夹克,夹克的肩上有肩章形的装饰,

胸前的口袋上写着"保安"两个字。桌子上离他不远处放着一个尖顶的黑色头盔。

"这是爷爷。"天眼说,"爷爷,这是埃琳·劳、一月·卡尔、老鼠·格莱恩。这些可爱的名字正是可爱的姐姐和可爱的哥哥的名字。"

他目光转向天眼,但没说什么。

"进来吧!"她把带蹼的手指放在我的胳膊上,"进来吧,把黑夜关在外面。"

她从我身边侧过身子,把我们背后的门关上。

"这里又暖和,又舒服,吃的有吃的,喝的有喝的。"

她递过来一个盛满水的石罐。

"喝吧!"她说,"把嘴里的泥滩味洗掉便可以吃东西。我们有葡萄干、牛肉罐头,还有好多巧克力。"

她把我拉到靠近火的地方,跪下来,让我看那里的水桶。她把手伸进去洗。她手上的蹼是浅色透明的,闪动的火光能够照透。

她咯咯地笑了。

"你脏得真脏，埃琳·劳。"

她用湿漉漉的手指搓我的手。

"像我这样洗。"她说，"把泥滩洗掉，埃琳·劳。"

她咬着嘴唇，看我跪在她身边。我的肩膀碰到了她的肩膀。

"啊，埃琳！"她悄声说，"啊，埃琳，你是我姐姐！"

在我们身后，一月和老鼠像木桩子一样一动也不动。他们的眼睛紧盯着爷爷。他回瞪了一眼，接着便在他的大本子里飞快地写。

"孩子，三名。"他一边写一边低声说，"从泥滩带出来的。男孩，两名；女孩，一名。冷，脏，害怕。可能是鬼，可能是从地狱来的妖魔，也可能是从天上来的天使，也很可能介于两者中间，是来捣乱的。把他们赶回去，爷爷。再把他们埋回去。就这么办。"他握着笔，像握刀一样，对着本子扎下去。忽然他停下来，笔悬在半空，伸着头，又挨个看我们一遍。"你们俩不是哥哥。"他说，"你也不是姐姐。"

我摇头。我的目光迎着他的目光。

"我们从来没有说我们是。"我告诉他。

他盯着我们的时候，目光硬得像石头。接着他笑着看天眼，目光又柔和起来。

"你弄错了，小乖乖。"他说。

"错了？"

"这两个男孩不是你的哥哥。这个女孩也不是你的姐姐。"

"不是？"

"不是，亲爱的。你弄错了。也许我们不得不把他们赶回到黑泥滩里——你发现他们的地方。"

"我们是乘木筏从河上漂过来的。"我说，"我们不是从黑泥滩里出来的。"

"我姐姐你不是？"天眼说。

她的两眼恳切地望着我。我也望着她。她看起来像我吗？她身上有任何地方与我相仿吗？她会是我的妹妹吗？我们的父亲会是同一个人吗？我低下了头。我知道，如果我也曾写过履历本的话，我会为自己想象出姐姐和哥哥来。我会在梦里见到他们。但爷爷说得对，这都不是真的。我摇摇头，不再胡思乱想。

"不是。"我说，"我不是你姐姐。这两个也不是你哥哥。我们三人都没有兄弟姐妹。"

她闭上了眼睛。

"那么，是我弄错了……"她低声说，"全是胡思乱想……"

她又盯着我们看。

"是鬼吗你们？"

"不是。我们不是鬼。"我回答。

"那好。"她说，"这里许多鬼有时真有。"

接着她又笑了。

"你不是我姐姐可能。"她说，"可是，埃琳·劳，你可以是我的朋友最最好的。"

她看着我。

"可以吗？"她轻轻地问。

我用手碰一下她又凉又光滑的下巴，往她眼睛的深处探望。可以，我想。可以，像姐姐那样的朋友。

"可以！"我说，"可以！"

"爷爷！"她叫。

"在这儿呢，小乖乖。"

她与他说话的时候，眼里充满了泪水。

"别把他们赶回到河里。别把他们埋到泥滩里。让他们和我们待在一起。"

"这样做会让你高兴吗？"爷爷问。

"会的，会的。我从来没有过朋友像埃琳·劳这样的。"

爷爷叹口气，嘴里哼哼着，冷冷地望着我们，最后点点头。

"好吧！"他咕哝着说。

天眼挤我一下，又热切地望着一月和老鼠。

"看见了吧，"她说，"他是一个好爷爷，他会照顾你们的，像照顾天眼一样。"

他的目光又回到了那个大本子上。

"名字。他们有名字的，忘得这么快。"

他挠他的胡子，黑色的灰尘立刻从胡子里掉出来，掉到本子上。

"怎么了，爷爷。"他自言自语，"名字，三个。"

"埃琳·劳、一月·卡尔、老鼠·格莱恩，"天眼说，"他老了，好多东西不记住了。他把要记住的东西都写下来。"

"埃琳、一月、老鼠。"他一边低声重复，一边写。

"这就好了！"天眼说，"他把你们放进大本子里了，放到了天眼、爷爷与黑色的黑泥滩的故事里了。"

"什么样的故事？"我问。

"哦，是一个又黑又湿又脏的故事。"

"你会讲给我听吗？"

"可能吧，埃琳。但连天眼也不知道是不是真的这个故事。"

她用手托着我的脸。

"埃琳·劳，天眼从来没有过朋友最最好的。"

她摇晃着肩膀和脑袋，嘴里哼哼着，像唱歌。我叹口气，笑着看一眼一月。他的嘴唇翘一翘，骂了一声，眼神冷冷的。

"怎么了？"我悄声问。

他只是把脸扭过去。

天眼碰一碰他的肩膀。

"来！"她说，"来把黑色的黑泥滩洗掉。"

他躲开她，和老鼠一起在水桶跟前跪下来，洗手，洗脸。

天眼走到爷爷跟前，吻一下他的脸颊。

"这些孩子是好孩子。"她对他说，"我说他们是我姐姐，是我哥哥，可能是我错了。但他们不是鬼肯定。现在天眼要照顾他们，让他们不再害怕。"

她从地上拿起一只盒子。

"这里有葡萄干和牛肉，"她说，"还有好多巧克力最甜的。"

她打开盒盖儿，伸到我们面前。我们拿了几块巧克力，接着又拿了一些。她递过来一罐"弗赖本托斯"①牌牛肉罐头，盖子已经打开了。

"多拿一些！"她说，"多拿一些，别害怕！这是最最好吃的，喜欢就拿。"

---

① 弗赖本托斯是乌拉圭的一个城市，从 1899 年起，该城开始生产牛肉罐头。销往英国的罐头盒上印着"弗赖本托斯牛肉罐头"字样。

# 第四章　他们是谁?

"肯定有过夜的地方。"天眼说,"肯定有睡觉和做梦的地方。"

她靠着墙,铺开几个毯子,一个挨一个。

"给你们的。"她悄声地说,"让你们在爷爷的办公室里睡一个好觉安稳甜美的。"

她铺毯子的时候,老鼠在她身边蹲下来,从地上捡起一些金属字母,在毯子边上摆着我们的名字:**埃琳　一月老鼠和吱吱叫**

"是什么,这些字母?"天眼问。

"我们的名字。"他说。

他念了一遍字母,拼出那几个字。

"看见了吗?"他说,"字母组成字,字就是我们。"

她默默地想了一会儿。

"有没有字母能拼成'天眼'的?"

老鼠笑笑，把她的名字摆在她的毯子跟前。**天眼**

她笑了，轻轻地摸着属于她的字母。

"这是我吗？"她问。

"是你。"老鼠说。

"真好玩！真好玩！"

她缩进毯子里，同时一只手伸出来摸她的名字。

一月一脚把自己的名字踢走。

"简直像墓碑上的名字。"他说。

我咂了一下舌头。

天眼盖好了自己的毯子，紧挨着我。

"我的朋友最最好的。"她说。

她把头枕在我胳膊上，睡着了。

老鼠很快平静地入睡了，好像这里的一切都很正常。

一月和我都躺在毯子上，头枕着手，你看看我，我看看你。一月眼神冷冷的，眼圈有点红，显得疲倦。我看得出他随时会和我吵上一架，连打一架的意思都有。我回味着嘴里巧克力的甜味、葡萄干的汁，感到冷牛肉还在胃里

翻。天眼的声音在我心底里不停地回响。我感到她的带蹼的手指碰到了我的脸。那一小堆炭火的热气轻轻地飘过来，飘到我们身上。我感到泥滩的泥巴开始在我身上干结，好像要把我装进一个泥壳里。

"这里暖和！"我说，"我们都累了，一月，只能停在这里，至少停一晚。"

他朝爷爷瞟了一眼。他仍旧坐在桌前，不理会我们，不停地写，一边写还一边自言自语。黑色的尘土从他的头发和胡子上掉下来，落在本子上。

"他们是疯子！"一月说，"他们简直是神经病！"

"他们不会害我们的。"

"这真的像在做噩梦。你看他，真不知道他会干什么……"

"可她倒是挺可爱的。"

"可爱？"

"对，是挺可爱的。她和我们一样大，但像一个小女孩儿。还这么奇怪，一月……"

他摇头，还咬牙切齿。

"你是说，是一个畸形人，一个变种人，好像是从哪个动物园里跑出来的？"

"住嘴！"

他眼睛眯成了一条缝。

"你中了邪了，埃琳！那一堆什么哥哥、姐姐、朋友最最好的废话！"

"中邪？哈！"

爷爷咕哝了一句。他俯视着我们。

"不是哥哥，"他说，"不是姐姐。"

我朝他摇摇头。

"不是，"我说，"这个我们知道，爷爷。"

"这个我们知道，爷爷。"一月抬起头来以嘲讽的语气重复了一遍，说完又躺下，把身子扭过去，背对着我。过了一会儿，他的呼吸开始放慢、加深。爷爷又把目光移到他的本子上。

# 第五章　一定有秘密

爷爷身后靠墙的架子上摆得满满的。我能看见碎陶器片、一堆一堆的硬币、生锈的刀子和工具。架子上还有几排瓶子和金属盒子。有一只小船上用的螺旋桨和一只小铁锚。还有一小堆发白的骨头。在快要抵住房顶的最高一层，有几个盒子用带子和绳子扎得紧紧的。门旁的墙边靠着三把铁锹。有几个水桶，一个套一个地摞在一起。爷爷一边写，一边自言自语。天眼睡在我的胳膊上。有时她在梦里哼几句，唱的曲子就像从几千里外飘过来的。我揉揉眼睛，尽力不让自己入睡，做梦。

爷爷的手和我们的手一样，又粗又黑。他的手在写字的时候，手指上的黑土不停地掉下来。他时不时地对着黑暗的角落凝视，沉思一会儿，然后拍一下桌子。

"星期二。"他说，"要是这该死的脑子还没全糊涂，还能记事，这应该是另一天了。就叫做星期二吧。发现，好几项。三个盘子，碎的。一只杯子，碎的。一只平底锅，没有把儿。两枚硬币，相当于两个新便士和一个旧便士。一袋面包，泡涨了。十几瓶汽水，塑料瓶子。一只靴子，一只袜子，一副 Y 形衬胸，特大号的。一只翅膀，海鸥的。一只狗，黑色，死的。一大块大腿骨，来历不明。首饰，无。金银，无。宝物，无。解不开的谜，一个……”

　　他咬着铅笔，盯着我们看。我们一个挨一个躺在地板上。我眯起了眼睛，看见他突出的大鼻子、披散下来的长头发、支支愣愣的胡子、胸前写着的“保安”两个字。他又低头看他的本子。

　　“解不开的谜，一个。小动物，三个，在黑夜里爬到了泥滩上。一只木筏，木制。三个小动物被水和月亮带到这里。三个小动物从泥滩的烂泥里往外爬。三个小动物被我的天眼救出来。”

　　他拿起一块饼，放到嘴里嚼起来。

　　“来客人了，爷爷。是魔鬼还是天使，还是这两者中间的什么东西？说不清楚。”

他朝地板上看我们，用袖子在嘴上抹了一下，又继续写。

"明天，肯定会真相大白。"

他往后一仰，压得椅子"咯吱咯吱"响。

"星期二过去了，"他叹口气，"星期三还没来。"

他开始唱歌，唱的是大海，唱一个人在海上走得太远，再也找不到回家的路。他坐在那里，头低下来，低到蜡烛照得最亮的地方。他又瞥我们一眼。

"要是这些人来捣鬼的话，"他说，"那么可能需要修理一下。"

他笑笑，松一口气。

"嗯，"他说，"修理修理。"

"今天星期五。"我低声说。

他瞪着我。

"刚过完的不是星期二，是星期五。"我说。

他挠挠头，黑色的灰尘直往下掉。

"对不起。"我说。

他翻动大本子，翻回到原来的地方。

"星期五。"他小声说，"星期五刚完，星期六马上就来。你糊涂了，爷爷。"

他摸着胡子。

"嗯，这就对了，这就对了。"

"你是谁?"我问。

"谁?"

"你从哪儿来? 你为什么在这儿?"

他的脸扭动着，他歪着头，从眼角看着我，好像看不清我，好像我只是他脑子中的一个影子。

"我记得许多事情。"他低声说，"我记得我那时是孤零零一个人。在一个明亮的夜晚，我从黑泥滩的污泥里挖出了天眼。这是很久很久以前的事了。很久以前，她很小的时候。我记得我是看门人。我一直是看门人。其他的许多事情我就记不得了。"

他用手指搓一下眼睛，定睛看我一眼，接着又写。

"你把她挖出来?"我接着问，"把她挖出来，是什么

意思？"

"爷爷是看门人。"他说，"在一个明亮的夜晚，爷爷在泥滩那里挖出了天眼。这是很早很早以前发生的事了，好多事情都记不住了。天眼为什么叫天眼？因为她能看穿世界上的一切悲痛和苦难，一直能看到隐藏在最底下的乐园。白天、黑夜，来来去去。潮涨潮落，没有停息。还有世界上最甜的巧克力。"

他用指头摸着桌上头盔的尖顶，眼睛亮了一下，接着手指猛地指向我。

"不许捣鬼！听见了吗？绝不许在这里捣鬼。"

"不会！"我说。

他转动着眼睛，又恢复了平静。

"别着急，明天会搞清楚的。"他自言自语。

他又唱起来。我轻轻地把天眼的头从我胳膊上移开，然后站起来。

我在屋里转悠着，他看着我转悠。我摸一下架子上的骨头和生锈的工具，盯着箱子里装的发亮的水晶石，感觉到脚底下踩着一些字母。墙上挂着一幅带框的照片：一个年轻人，长得像爷爷，穿着制服，在耀眼的阳光下站在河边。我往前靠近一些。这是许多年前的同一个人吗？我转身，与他的目光相遇。

"是你？"我问。

没有回答。他的目光似剑一样穿透了我。

"你是许多年前的那个看门人吗？"

没有回答。他把目光移走，继续写。

有一张照片，上面有许多轮船，停靠在码头上，轮船的上方竖立着巨大的吊车。许多工人，穿着工作服，戴着帽子，在忙碌地干活。有一张照片，上面有一座正在建造的最大的桥。河两岸伸出的桥梁像两只巨大的手臂，凌空伸向对方，即将在河中心的上方相接。有一张照片，上面是印刷厂。阳光从天窗射进来，照得一片明亮。印上了字的大幅纸张从鹰和天使的翅膀下徐徐滚出来。

一月、老鼠、天眼都在睡。爷爷在自言自语，唱歌，写字。我走到他身后，隔着他的肩膀看他的本子。本子的

页头上印着"安全报告""日期""姓名""职务"。他先前写的"星期二"给划掉了，改成了"星期五"，后面写着"爷爷"和"看门人"。本子上密密麻麻地写满了字，还画着天眼和她的蹼指，画着我们三个人：黑泥滩上有三个黑影，黑影上方是白色的月亮。画的下面写着我们三个人的名字：埃琳、一月、老鼠。

"我们是从河那边过来的。"我小声说。

"他们从河那边过来。"他小声地说，然后写下来。

"我们来自圣加布里埃尔的白门。"

"他们来自圣加布里埃尔。"

"我们是受过创伤的孩子，但我们都幸福。"

"他们幸福，幸福。"

"我原先和我妈妈住在一起。我们在河的上方有一个小房子，那是我们的乐园。"

我笑了，看着我的故事由他的手写出来，融进了天眼的故事里，融进了他的这个大本子所记的秘密里。

"接着写，"我吸口气，"我说的每句话都是真的。她个子矮小，长着红色的头发，就像头上顶着一团火，还有亮晶晶的绿色眼珠……我有一个从'乐施会'买来的小床，我们家的墙上还有画儿。我们在那个乐园里才只住了十年……"

他不停地写，小小的字从纸的这一边爬到另一边，他的手指和头发上的黑色灰尘也不停地往下掉。

"妈妈！"我轻轻地喊，"妈妈，你瞧！"

我的肩膀能感觉到她的手，脸能感觉到她的呼吸。她轻轻地叫着我的名字。她也在重复着写在纸上的故事，我刚一讲出来，她就重复给我听。

"句句是真的。"我低声说。

"句句是真的。"他写道。

这时，他的手停下来，目光对着我："你们在挖什么？找什么？"

"没找什么。"我说，"什么也没找。"

"那为什么到这里来？"

"我们是被河水冲到泥滩上的。"

"一定有秘密。"他低声说。

他的声音冷冷的，很吓人。他从口袋里掏出一把钥匙，打开桌子的一个抽屉，从里边拿出一把切肉刀。他把刀举到他面前，眼睛盯着我。

"碰她一下，你就死。"他压低着声音说。

"什么？"

"你就得死。"

天眼躺在地板上喊我的名字。她还在睡，我在她身边躺下。爷爷看着，眼光随后又变得柔和了。

"埃琳，"她在梦里轻轻地喊我，"埃琳，我的朋友最最好的。"

爷爷把目光移到本子上，低着头又不停地写起来。天眼又轻轻地叫我的名字。我看看那边躺着的一月。他正睡着，什么也没听见，什么也没看见。我再也睁不开眼了。我握住天眼的手，好像怕自己丢了似的，沉沉地睡着了。

# 第六章　到处都有鬼

她的皮肤和头发被照得亮亮的。阳光从天窗里射进来，穿过伸展的翅膀，照到巨大的印刷机上。在我们脚下的碎物中，金属字母也泛着光。鸽子和麻雀在头顶上乱飞。小动物在黑影里抓挠着什么。

"跟我来，"她不停地说，"跟我来，埃琳、一月、老鼠。"

她领着我们走出了印刷厂，穿过废弃的楼房中间的小巷，来到了乌斯波恩的边上，在那里停下来。下面是很陡的台阶，一直通到狭窄的溪谷，溪水在那里"哗哗"流动。

她伸出手，用带蹼的手指将我脖子上干结的泥块抠掉。

"我们在这儿把滩泥洗掉。"她说。

她笑了。

"我们都会漂亮起来再一次。"

溪流的对面，有一堵高大的墙，那是一个仓库的墙。溪水向左边流去，一直流入宽阔的、泛着白光的河里。

"蹲下来！"她悄声说，"当心，要不鬼会看见我们。"

"鬼？"我说。

"这里到处有鬼！"她说，"我曾看见他们在河边上走过，坐小船在河里游过。他们开着'轰隆隆'的机器，有时聚在远远的大桥那边，有时……他们吵闹喊叫，让夜晚不安静。"

她的目光与一月的目光相遇。

"怎么了，一月·卡尔？"她问。

他看看我，又看看她，两手直哆嗦。

"怎么了，一月·卡尔？"她问。

"咱们最好走吧，"他小声地对我说，"咱们赶紧走吧，干脆回到白门也行。"

"你的冒险精神哪儿去了？"我问他。

"我的天，埃琳！"他说。

"别害怕，一月。"天眼说。

"我怕个屁！"他低声说。

她伸出带蹼的手摸摸他。他惊恐地看着她，把她的手撩开。

"我是个好女孩儿。"天眼说,"我不会伤害你的永远永远。"

我们三个人相互盯着看。老鼠从我们身边走过去,沿着台阶来到溪水跟前。

"我先洗了。"他说。

"老鼠真乖。"天眼说,"洗掉那些脏脏的东西吧。"

她开始哼一支小曲儿,缓慢的、甜甜的。一月蹲下来,望着破裂不堪的地面,将削笔刀猛地插进瓦砾堆中。

我在他身边蹲下。

"你怕了。"我说,"怕什么?有什么好怕的?"

"我想离开这儿,继续往前漂流,像原先说好的那样。造木筏就是干这个的,就是为了去漂流的。"

"咱们可以继续漂流,但现在还不行。一月,耐心点,现在还不行。"

"你真是没救了!"他低声说,"原来说好的,只有你、我、木筏、河。你看看,现在成什么样子了!"

我摸一下他的肩膀，他直往一边躲。

"你嫉妒了！"我说，接着大笑起来，"是不是？你想让我一个人陪着你漂流。"

"那又怎么了？你愿意这样想，就这样想吧。"我看见他眼里闪着泪光。"可我告诉你，你要是还在着魔，我就一个人乘木筏走了。就我一个人，朝大海的方向漂，就我一个人。"

"就我一个人！"我学着他的样子说。说完，我站起来。

老鼠坐在下面的溪水边上，外衣都脱了，只剩下短裤，两只脚泡在水里。他往身上撩了几下水，然后用手去搓身上的污泥。

天眼微笑着看着他，又拿起我的手。我看一眼蹲在地上的一月，然后伸手将天眼搂住。

"你从哪里来的，天眼？"我问。

她摇摇头。

"我记住的事情很少，"她说，"除了深得够不到底的黑暗，什么也不记住了。爷爷告诉我，够不到底的黑暗就是泥滩。他对我说，在一个月光明亮的夜晚，他把我挖出来的。埃琳·劳，这就是我记住的最早的事情，以后就记住了爷爷、印刷厂、鬼。"

"还记得别的什么吗？"

"除了梦里的回忆，再也不记住什么了。梦里的回忆是错的肯定，我不能说。"

"天眼，什么是梦里的回忆？"

"我绝对不能说，要不会让爷爷生气的。"

她向我靠得更近了一点。

"爷爷老了。"她说，"他以前说过，可能会有一天，我得走到河那边，走到鬼的世界里。"

她从口袋里掏出一块巧克力，塞到我的手心里。

"给你，"她说，"巧克力是最最甜的东西。"

老鼠沿着台阶走上来，身上滴着水，满脸是笑。

一月从我们身边冲过去，沿着台阶跑到溪边。

"老鼠，你漂亮了现在，高兴了现在！"天眼说。

老鼠大声地笑，手里轻轻地握着他的吱吱叫。

天眼摸着他小臂上的字：**请照看我**

"是什么你这里写的？"她问。

"请照看我。"老鼠说。

"好！"她说，"我真的会照看你，很高兴地！"

她陷入沉思。

"可是，为什么写在你的胳膊上呢，要把这些字？"

"我爸爸给刻上去的。"他低下了头，说，"有一天他说，我得一个人生活了。他说我身体弱，总是需要受人保护的。我和我爸一起读过一本关于熊的书。他的想法是从那本书里得来的。他用刀子和墨水，把这些字刻在了我胳膊上。"

她抚摸着他的胳膊。

"小老鼠，你不孤独了，现在。"她小声说。

"我知道。"他把吱吱叫从口袋里掏出来，接着说，"我还有这个伙伴，总是陪着我。"

他把两手捧起来，吱吱叫在他手中翻来滚去。他把吱吱叫倒入天眼的手中。小家伙在天眼的手中跑来跑去，跌跌撞撞，天眼禁不住笑起来。

"幸运的老鼠！"天眼说，"真真幸运的老鼠！"

吱吱叫翻了一个跟头，天眼又笑。我看着老鼠和天眼两个人，他们是那么相像，都像小孩子。天眼把吱吱叫又放回到老鼠的手里，然后冲着阳光举起带蹼的手指，对我说：

"什么是爸爸，埃琳？"

这时，她突然弯下身子。

"有鬼！"她低声说。

她拉着我们躲进一个仓库的门洞里。

"一月，"她冲着他喊，"蹲下来，别动！"

河对岸，两个人蹬着自行车，沿着自行车道，向着大海的方向骑过去。

她笑了。

"都走过去了！"她高兴地小声说。

她蹦跳着回到溪流上方的码头上，头发和裙子围着她飞舞。

"高兴！"她唱起来，"高兴！高兴！真高兴！"

在她的下方，一月正将一把一把的黑泥摔进溪水里。

# 第七章　像巧克力那么多

她咯咯地笑。

"埃琳·劳，把手伸进去。"她说。

她又咯咯地笑，还用带蹼的手捂着嘴。

我们都洗过了。仅在皮肤的细缝里还留着泥滩的泥痕，衣服上也留着擦不掉的污迹。我们待在一个仓库里，这里有成堆成堆的装货用的木板箱。许多木板箱敞开着，面前就有一个，敞开着。

"伸进去，伸进去！"她说。

我把胳膊伸进去，使劲伸长，用手在里面摸索。我的手碰到了用玻璃纸包着的盒子，既光滑又凉爽。

"摸到了吗？"她笑着问，"摸到了吗，埃琳？"

我从里面拿出来一个盒子，随即也笑了。一个装着巧克力的蓝色盒子，是"吉百利"①牌牛奶巧克力。

---

① 英国有名的巧克力品牌，诞生于 1915 年，至今仍为许多人所喜爱。

"给你,"她说,"给你和一月、老鼠、吱吱叫。吃吧,吃吧!"

我拆掉玻璃纸,打开盒子,把已经发白、发硬的巧克力送到每个人面前。

天眼拿了一块橙味奶油巧克力,说那是她最喜欢吃的,然后舔着嘴唇,又叹一口气。

"爷爷说,这些东西会吃完的终有一天。"她说,"但那个箱子里还有很多,很多箱子里还有。"

她让我们看了一些已经打开的木板箱,里面装着"弗赖本托斯"牌牛肉罐头,还有一袋一袋的葡萄干。她还让我们看了几个没打开的木板箱。

我嚼了一块焦糖味的巧克力。

"你多大了,天眼?"我问。

她皱了一下眉头。

"不,"她说,"我不大。爷爷是大人,埃琳。"

"你几岁了?"

她瞪着浅色发亮的眼睛看着我,她很想让我高兴,但

不知所措。

"有多长时间了?"我试着换个说法问。

"再吃一块。"她说,"吃呀,再吃一块。这些东西好吃得真好吃。"

一月骂了一声。老鼠往嘴里塞了一块巧克力。

"多少个白天和夜晚?"我说。

"白天先来,接着是夜晚,接着又是白天,来来去去,转着圈像跳舞一样。"

"你听不懂。"我又问。

她又沉思。

"活着就是醒来和睡去。"她说,"是这个吗你想问的?"

"你到这儿以后,醒了多少次,睡了多少次?"我问。

她低着头想,然后咯咯地笑。

"埃琳,你让我的脑子不停地扑扇,像鸽子翅膀一样。"

她瞅着巧克力盒子。

她噘起了嘴。

"睡的次数就像橙味奶油巧克力那么多。"她说。

“那是多少次呢?”

她笑一笑，脸红了，把目光从一月身上移开，用手碰一下我的胳膊，往我跟前靠了靠。

“三次!”她对着我的耳朵悄悄地说。

# 第八章　忙碌的爷爷

"瞧，他在巡逻！"

我们站在食品仓库外的小道上。爷爷朝我们走来，他的上衣扣子系得紧紧的，头上戴着尖顶头盔，胳膊随着步伐僵硬地摆动着，手里拿着一只古老的黑色手电筒。他在一个小门前停下，拧一下门把儿，点点头，在一个小本子上飞快地记下些什么，接着继续朝我们走来。我们往后退，靠住了墙。

"早安，看门人爷爷！"天眼说。

"早安，小天眼！有什么要报告的吗？"

"没什么，爷爷。只是在河对岸，很远很远的地方，有鬼踩着机器走过去了。"

他点点头。

他盯着一月、老鼠和我，皱起了眉头。天眼踮着脚尖，扶着他的肩膀，跟他说悄悄话。

"他们是昨天晚上来的月光明亮的时候。还记住吗，爷爷?"

　　他又点点头,飞快地在小本子上记下些什么。

　　然后,他竖起一个指头,死盯着我们的眼睛。

　　"我现在把你们记到这个小本子里了,"他说,"我会记住的。从现在起,不许捣鬼!"

　　"不捣鬼!"我说。

　　他眨眨眼,掀起头盔,挠挠头,朝明亮的蓝天望去,目光慢慢地追着一只朝远处飞去的海鸥,表情缓和下来,开始轻轻地哼一首歌。他又眨眨眼睛,回头看着我们。

　　"巡逻还没有完。"他说。

　　天眼又踮起脚尖,吻他的脸颊。

　　"不许捣鬼!"他对我说。

　　"不捣鬼!"我说。

　　他让天眼又吻了他,然后继续往前走,朝古老的门洞里望望,拧一拧门把儿,在本子上记下些什么。

　　"瞧,他多神气!"天眼说,"他是看门人。"

　　我们慢悠悠地往印刷厂走。一月不停地看我,摇头,

悄悄地骂。

"这里没有别人吗?"他问天眼。

"你说什么,一月·卡尔?"

"其他人,其他任何人。"

"有时会有鬼,但我们躲着他们。要是他们靠得太近,爷爷就修理他们。"

"修理他们?"

"对,一月,修理他们。"

一月看看我。

"怎么修理,天眼?"

她耸耸肩。

"他干什么我不知道,反正是修理。"

"没有别的看门人?"

"爷爷是看门人,只有爷爷。"

"那么谁付钱给他?他向谁报告?他周末休息的时候干什么?"

天眼咂一下舌头。

· 天 眼 ·

"一月·卡尔，我的脑袋让你问得乱扑扇，'啪嗒啪嗒'响。你不能安静点为什么？"

一月耸耸肩，从口袋里摸出一块巧克力，塞到嘴里慢慢嚼。

天眼拉起我的手。

"爷爷很忙。"她说，"晴天的时候，巡逻、看门；在月光明亮的晚上，还要挖泥、找东西。"

"挖泥找什么？"我说。

"噢，许许多多可爱的东西，埃琳。"

"我们可以看吗？"

"也许在有月亮有星星的时候，埃琳会看到每一件小东西。"

我想问更多的问题，但我只是摇摇头，闭上眼，咧着嘴笑。我的心扑扇着，"啪嗒啪嗒"直响，无法平静。

我们继续往前走，先走进印刷厂，经过那些大机器之后，走进办公室。

"看见了吗？"天眼指着架子上的东西说。那是一些瓶

子、生锈的工具、发亮的水晶石和骨头。她抚摸着一只海鸟的干翅膀，抚摸着沾上了油污和泥巴的羽毛。"看见了吗？一大堆很可爱的玩意儿。"

她挎起我的胳膊。

"埃琳，还有更多的好玩意儿呢。她说，等到有月亮有星星的晚上，我的宝物会挖出来。宝物挖出来后便扔进他的水桶里。"

一月用鼻子"哼"了一声。他从架子上一件件地捡着看，然后不屑一顾地叹口气，又抬起头，盯着挨近房顶的那些箱子看了一会儿。他翻了几页爷爷放在桌上的那个大本子，嘴里骂了一声，然后靠着墙坐在自己的毯子上，用刀子刮球鞋上的泥巴。天眼看着他。

"可怜的一月·卡尔。"她悄声地说。

老鼠跪在桌子旁边，逗着吱吱叫，让它在手里翻来滚去。天眼笑了。

"老鼠和吱吱叫都很快活。"她轻轻地说，"来，来，坐下吧咱们。"

# 第九章　像鱼像青蛙

　　她领着我来到门口。门敞开着，我们靠着门坐下，挤在一起。我摸一下她手指间的蹼，蹼又薄又软，晶莹透亮。在我们面前，阳光像瀑布一样，泻到印刷厂里。灰尘在瀑布里飞舞，小鸟趴在椽子中间唱歌。从破碎的天窗往外看，天空蓝得耀眼，深邃无边。一阵轻风从脸上拂过。

　　"你妈妈是谁，天眼？"我问。

　　她的眼神里充满迷惑。我笑一笑，又试着问。

　　"你妈妈，"我说，"就是你的娘，你的母亲。"

　　她满脸疑惑。

　　"你和一月·卡尔，"她说，"你们尽说一些可笑的话从嘴里。"

　　"你听不明白吗？"

　　"什么明，什么白，埃琳·劳？"

我咯咯地笑了。

"等一下。"我说。

我走到我的毯子那里，找出背包，从里边拿出那只装着宝物的小小硬纸盒，解开系着盒子的丝带。

"我妈妈是一个小个子女人，红头发，绿眼珠。"我说，"她戴着鹦鹉形耳环，我们一起住在河上游的一个小房子里。我们很快活，就像住在乐园里一样。"

天眼笑一笑，叹口气。

"这是讲故事！"她说，"就像爷爷讲黑色的黑泥滩故事一样。真好玩！真好玩！讲吧，埃琳，接着讲！"

她挪一挪身子，与我靠得更紧。

我拿出那张妈妈和我在自家园子里玩的照片。

"这是我们，看见了吗？"我说，"那是我，我那会儿很小。那是我妈妈。"

她仔细地盯着照片看。

"和鬼一样你们。"她说。

我笑了，还听到妈妈在我心里咯咯地笑。

“不是鬼。”我说，“这是我妈妈，她那时还活着。”

她咬着嘴唇，眼睛一眨不眨，像是在苦苦思索一个难解的谜。我给她看那个鹦鹉耳环。

“妈妈是什么，埃琳？”她问。

“妈妈是生我们的人。还有爸爸呢。”

她一脸疑惑。

我又到宝物盒子里翻捡。她吃吃地笑，还不住地扭动身子。

“埃琳，这就是你的宝物，是吗？”

“是。”

“真好玩，真好玩！爷爷说，我的宝物等着我呢在泥滩里。他要把宝物挖出来在他动也不动之前。”

“动也不动？”

“动也不动。别在意，埃琳。接着看，接着看。”

我拿出那张在医院拍的模模糊糊的照片。这是通过扫描拍出的，可以看出我在妈妈肚子里生长的样子，我的头、挥舞着的胳膊、胡乱踢蹬的脚丫。

"这是我。"我说，"这是我在妈妈肚子里的样子。这会儿离我出生还有好几个月呢。"

她咯咯地笑，看看我，又看看照片。

"你是在瞎说吧？"她说。

"没有，这就是我，是在我妈妈肚子里。"

她又紧盯着照片看。

"那里又黑又暗，很难看清楚。"

"是呀，"我轻轻地说，"又黑又暗。"

"你记住那时候吗？"

"不记得。"

"我也不记住。"

"你不记得？"

"我那时在黑色的黑泥滩里，那里什么都是黑色的。爷爷把我挖出来，让我看到了晴朗的白天和明亮的夜晚。"

"你肯定有过妈妈。"我悄声说。

她低头沉思。

"那么黑色的黑泥滩就是妈妈了。"她大声地笑，很兴奋，使劲挤我。"埃琳·劳的妈妈又黑又暗，天眼的妈妈又黑又暗。"

我们坐在那里，静静地待了一会儿。

"你是怎么来到黑泥滩的？"我问。

她叹了一口气。

"这是一个谜，埃琳·劳。爷爷说，我以前可能是一个在水里游的东西，像鱼或者青蛙那样的。"

她又看我在妈妈肚子里的照片。

她的眼睛忽然亮了起来。

"这个你仔细看！"她说，"你看这小手，小脚丫。你看小埃琳像是在水里扑腾呢！"

"是啊！"我说。

"埃琳·劳，你以前也是一个像鱼像青蛙的东西。"

我哈哈大笑。

"是啊！"我说。

"埃琳像天眼，天眼像埃琳。"

"对！"我说。

我们相互看着对方，咧着嘴笑。

"像鱼。"我说。

"也像青蛙。"她说。

我们大声地笑，不停地笑。什么时候我们才能毫不费力地相互听懂呢？我伸出胳膊搂住她，使劲搂住她。她直往后躲，像一个小妹妹那样。

"你！"我说。

"我？"

"对，你！你！我该拿你怎么办？"

"你什么也别做，埃琳·劳。你只是做我的朋友待在这里，只是要小心。"

"小心？"

"对，我的姐姐。这里到处是坑。在有的地方你会摔倒，摔到另一个世界里，再也找不到你。"

我又哈哈大笑，到宝物盒子里翻捡。我拿出那瓶香水，在指头上倒了一点，往自己的脖子和天眼的脖子上抹了抹。我感到妈妈就在身边，她把我们两个人搂在怀里。

·天　眼·

"真好玩!"天眼轻轻地说。

"真好玩!"我轻轻地说。

"真好玩!"妈妈轻轻地说。

# 第十章　邪恶的地方

一月踢了一下我的脚。

"到外面去！"他低声说。

我揉揉眼睛。

"到外面去，埃琳。"

天眼靠着我打盹，带蹼的手抓着我的胳膊。

一月使劲瞪着我。

"快点儿！"他说。

我把天眼的手拿开，站起来，跟着他穿过门，走进印刷厂里。他领着我来到机器中间，站在一个巨大的铁铸老鹰下面。

"咱们开溜吧！"他说。

我没说话。

"听见了吗？咱们得开溜啦！"

"别急嘛，会走的！"我说。

　　我们往前走，从一个宽阔的门口，看见河水在流动，还能看见河对岸。爷爷在远处走着，僵硬地甩着胳膊，手里拿着手电筒。

　　"咱们得离他们远远的！"他说。

　　"噢，一月！"我说。

　　"一个疯子，一个怪人。你没看见她那双手？"

　　"她遭过大难，我敢肯定，一月。"

　　"咱们要是不走，也准会遭大难。他桌底下有一把大斧子，这你知道吗？"

　　"不知道。"

　　"不知道，得！"

　　"那是用来保护她的。"

　　"喂，要是他冲着咱们来，那可怎么办？"

　　"他不会伤害咱们的。"

　　"哼！"

　　他猛踢一脚，金属字母乱蹦，在地上叮当作响。

　　"木筏还有什么用？"他说，"那河还有什么用？还能

不能在河上漂流，漂得远远的?"

"现在已经是远远的了。你不觉得吗?"

"我觉得是在做噩梦，埃琳。比噩梦还糟糕，像是在一个发疯的地方，邪恶的地方。"

"邪恶?"

他又踢一脚，嘴里骂着。爷爷从门前走过，身体僵硬地挺着，头盔的尖顶在阳光下闪耀。

"瞧他那样儿!"他低声说。

"哈哈!"我大笑。

"你像中邪了似的。"

"哈哈!"

我把一块巧克力塞进嘴里，又往他手里塞了一块。他把巧克力朝铁鹰扔去，朝地上的字母乱踢一通，然后才静下来。

"觉得像死了似的，埃琳。我就是这样的感觉。我觉得咱们要是不快快离开，恐怕永远也走不掉了。"

我们对视着，眼睛一眨也不眨。

"哈！"我又开口，声音平静了许多。

我低下了头。

"我们会走的！"我小声说，"我们一定会走的，一月！"

我们将地上的字母踩来踩去。

"这样吧，"他说，"至少应该检查一下木筏是不是完好，这样才能麻利地走掉。"

我们朝河边走去。附近传来爷爷的脚步声。我们看见他站在小巷的一个门洞里向远处张望。我嘴里含着一块黄油硬糖。一对大海鸥在码头上打斗，相互用又长又尖的嘴猛戳对方，见我们靠近，它们急忙跳着走开。我们过去后，它们继续打斗，嘴碰得"咔嚓咔嚓"响，还尖声地叫唤。我们来到小巷的尽头。

我咯咯地笑了。

"当心有鬼！"我说。

"鬼！讨厌的鬼！"

我们来到河边，朝下看。泥滩被流动着的河水盖住。

木筏拽动着绳子，漂在那里。一月松了口气。

"看见了吗？"我问。

"嗯，可是，别的人也会看见，他们会来抓咱们的，咱们又得回到莫莉恩和她那帮人手里。"

"可以把木筏拖出来。"我说。

"咱们得逃走。"

他盯着木筏看。

"我要自个儿走，不管你了！"他说。

他侧着头看我。

"我会的！"他说。

从他的眼神里，能看出他真生气了，但我也看出了他内心的恐惧。他想让我对他说，别走了。他想让我对他说，我会离开天眼和爷爷，随他一起走。天眼的话一直在我脑子里回响："你是我的姐姐！""你是我最最好的朋友……"我不能把她一个人留在印刷厂，让她和爷爷在一起。我已经有点儿爱上这个妹妹了。真不知该怎样对一月说。

"原本是咱俩去冒险的。"他说，"只有你、我、木筏、河。后来你让愚蠢的老鼠参加进来了。再后来你又让两个怪人给迷住了！”

“那好吧！”我说，“你自个儿走吧。”

我伸手与他告别，正要碰到他的手，忽然听见了身后的脚步声。两只大海鸥“呼啦啦”飞到了天上。爷爷从一个小巷里大踏步朝我们走来。他两手举着一把切肉刀，高高地举过头顶，刀刃在太阳下闪着寒光。他那布满黑纹的脸红得像血，眼光直射，充满杀机。

一月一步跨到我面前，也举起了自己那把亮闪闪的刀。

“来吧！”他大喊，“来吧，老家伙！”

天眼从小巷里急急地跑过来。

“别动！”她大声喊，“他们是我的朋友，爷爷！”

她抓住他的肩膀，接着又把他整个脖子抱住。

“爷爷！他们是在明亮的夜晚来到这里的，是我的朋友！”

他站在那里直喘粗气，眼神渐渐地清澈了，拿刀子的手垂落下来。天眼吊在他身上，贴着他的耳朵急切地说个

不停。

一月继续高举着刀子。他的身子绷得紧紧的，一动不动，嘴里快速地喘着气。

"真讨厌，她竟然来了！"他低声说，"要不然，早已经在这里把他干掉了！"

天眼把爷爷拽走了，领着他沿小巷往回走。她一边走一边回头，那眼神分明是求我们千万不要走。

"刀插进他心脏里！"一月说，"要不插进他喉咙里，要不插进他肚子里，太容易了。"

"你不害怕吗？"我问。

"他一个老头儿，快散架了，根本没戏！"

我浑身哆嗦，直想跑去找天眼安慰安慰她。

"可算看见了！"一月说。

"看见什么了？"

一月抓住我的肩膀，直直地盯着我，然后一个字一个字地对我说："他是一个杀人犯，埃琳！这个地方又疯又恶，咱们得逃走了。"

他使劲把我拽到他面前，眼睛眯成一条缝。

"你知道咱们都可能死在这儿，可你为什么还想留在这儿呢？"

我咬着嘴唇，感到泪水在脸上流。

"别离开我！"我想说，"请不要离开我，一月。"

但我什么也没说。

他推开我，大步跨过古旧的码头，急匆匆地沿着古老的梯子下去，从水上一跃，跳到了木筏上。他站在那句红漆咒语上，河水冲着木筏，把绳子拉得直直的。我看着他，等着他独自一人乘木筏漂走，将我留下。但他没有解开绳子，只是站在那里，随着水流左右摇摆。他心里充满了愤怒，充满了自由的梦想，充满了对我这个好朋友的失望。

# 第十一章　离开一月

我使劲喊他。"一月！一月！"但我的呼喊变成了低得可怜的呜咽。他没有转身，已经对我不抱希望。我离开他，往回走，走过黑暗的小巷、破败的码头、倒塌的楼房、往日的废墟，他说的又疯又恶的地方，他说的死神笼罩的地方。我一路踢着陈旧的垃圾和散落到地上的瓦砾。墙壁和屋顶"吱吱嘎嘎"地响，犹如呻吟。周围灰尘飘扬，暗影移动，黑鸟在头顶盘旋。门板斜吊，掩不住里面漆黑的房间和办公室。地面上到处是裂缝、坑，有的地方，地上的土甚至塌下去一大块，从巨大的裂口中能看出底下是洞穴一般的地窖。我感到周围都是鬼，都在盯着我。这些鬼前世都在这里工作过，使这一带变得喧闹，有光有色。我感到他们的手指在碰我，听到他们粗重的喘气声，听到他们在低语，在悲哀地大笑。我仿佛看到，在最黑暗的角落里，一些野兽正盯着我。他们的眼珠闪闪发光，爪子举得高高的，也闪着亮光。这些动物是在黑暗和破败中长大的，是怪物，是半死不活的怪物。我从它们身边经过时，它们伸出爪子抓我，低声叫我的名字，想把我拉过去，成为它们中间的一员。我不停地走，走，走，一边走，一边在脑子里漫游，在记忆、希望、梦想中漫游。我踢着垃圾，吸着灰尘，又想起第一次与一月一起跑到河边看木筏的情景，那时我们俩感到多么轻松、自由！我们像飞一样地跑到河边，相互拥抱。自由，自由，新的开始！怎么这么快就到了这样一个黑暗、破败、危险的地方？怎么这么快我们就分手了？我仿佛看见他独自顺河漂流，一直漂到空旷无际的大海，仿佛看见他高兴地挥舞着双臂。"自由！"他高声喊，"自由！"我推开一个半掩的门走进去。"黑暗！"我直打哆嗦，嘴里禁不住哼叫。我把两手伸到前面，慢慢地往里走，往里走。我挪着脚步，从那些悲哀的鬼跟前走过，走到地板上的一个洞口跟前。我从洞口进去，沿着摇摇欲坠的楼梯往下走。潮湿、腐烂、末日的臭气扑面而来。我一直下到最深、最黑的地方，再也无处可走，这是最靠里

边的地窖的最里边的角落。我躺在了黏糊糊的泥地上。

"妈妈!"我轻轻地叫。

没有回答。

我感到她的手就在我的手里。她的手越来越凉。我握着她的手,最后一次看她闭上眼睛。我握着她的手,她却消失了,把我一个人留在那里。她的手越来越凉,越来越凉。

"你为什么要死呢?"我问她,"为什么?为什么?"

没有回答。

"妈妈!"我轻轻地叫,"妈妈,请告诉我,妈妈!"

没有回答。只有她的手在我的手里,只有她冰凉的、动也不动的、死去的手在我的手里。

我静静地躺在她身边。寒冷和寂静侵入我的骨髓。我躺在泥地上,四周的怪物朝我围拢过来。它们用爪子抓挠,不像妈妈那样亲昵地抚摸;它们发出可怕的低吼,不像妈妈那样柔声细语。我再也不动,没有话,没有笑,没有泪,没有希望,没有欢乐,没有生命。死神在我身边越来越高大,接着把我拉进它的怀抱。

# 第十二章　天眼来帮你

"埃琳·劳！埃琳·劳！"

天眼的喊声在小巷里和楼房之间回荡，穿过斜吊着的门，穿过那些鬼魂和怪物，传到了幽深的黑暗里。

"埃琳·劳！埃琳·劳！"

喊声传到了我的脑子里，把我从寂静、空虚、僵死中唤醒。

"埃琳·劳！埃琳·劳！"

我擦一擦脸，感到皮肤上和头发上尽是黏糊糊的泥。我一阵恶心，坐起来，想喊她，但只能张大嘴喘气，发出一点"哇啦"声。

"埃琳·劳！埃琳·劳！"

我站起来，伸出手，摇摇晃晃地摸着黑往外走，但浑身酸痛、僵硬，一个趔趄，摔倒在石子垃圾堆上。

"天眼！"我使劲喊，"天眼！"

我往前爬，却不知是越爬越亮，还是越爬越黑。

"天眼！"我喊，"天眼！"

我用手抹一把脸，嘴里尝到了血的味道，那是从手上流下来的血。

"天眼！"

"埃琳·劳！"

她的声音近了，清楚了。我奋力仰着头，听她的脚步声，周围不是墙便是地板，不知道她的声音是从哪个方向传来的。

"埃琳·劳，你在哪里？"

我擦掉眼中的泪水。

"我不知道！"我有气无力地说。

"我在这里！"我喊，"我就在这里！"

"埃琳·劳！埃琳·劳！埃琳·劳！"

我又瘫倒在地，接着再往前爬，想找到那个破旧的楼梯，从这潮湿、末日般的臭气中爬出。但我是在绕着圈子爬，又爬到了地板上有裂缝和坑的地方，这里又有通到下一层的楼梯，能进入更深的地窖。我感到了怪物的手指，它们催着我往下走。我听到它们低声的催促。"下，下呀，再往下走，再往下走！"我尽力挣脱它们，去捕捉天眼的喊声，但她的声音那么微弱，那么遥远，仿佛来自另一个世界。我对自己说，我失踪了，再也找不到了，我跌进了无底的、黑暗的深渊里，再也不会有人能找到我，帮我逃出去。"再往下走，"那些怪物还在催促，"对，再往下走！"我停住了，又握住了妈妈的手，这是最后一次握她的手，她也是最后一次闭上眼睛。

"埃琳·劳！埃琳·劳！"

喊声也在绕着圈子走，搜寻着，忽而小下去，忽而大起来，忽而又小下去，总是不肯停休。

"埃琳·劳！你在哪里，埃琳·劳？"

"我不知道……"我抽泣着说。

我低声地哭着，握着妈妈冰凉的手。

"我不知道！"我大声喊。

我又躺在了黏糊糊的泥地上，寒冷再次慢慢侵入骨髓。

"在这儿!"我喊。

我闭上了眼睛。那个声音还在绕着圈子走,搜寻着,绕着圈子,搜寻着。我又沉入到黑暗里。

"埃琳·劳!"

声音近多了。

"我看见你了,埃琳·劳。"

我"哼"了一声。

"别动,一动也别动!"

"啊?"

"我看见你了,别动,天眼来帮你!"

我睁开眼睛看,但什么也看不见。在这么深的暗室里,不可能看见任何东西。我听到了踢着垃圾的脚步声,越来越近,听到了她的喘气声,她走得更近了,又听到了她衣服的窸窣声。但什么也看不见。接着,感觉到她的手指在摸我的脸。

"哎呀,埃琳·劳姐姐,你干什么在这么深、这么黑的地方?"

# 第十三章　我爱你，爷爷

"我告诉过你，"她说，"我真的告诉过你，这里到处是坑、是洞，是黑咕隆咚和危险。你得当心呀，姐姐！"

她用轻柔的手指将我脸上的泥擦去。

"在有些地方，你会一不小心从这个世界跌出去，再也找不到你，"她说，"你得当心呀！"

我们站在斜吊着的门后面，脚下是从破裂的屋顶上掉下来的瓦砾和其他碎物。她抚摸着我的脸。我的眼睛不适应光线，感到刺痛，头直发晕。

"这是什么地方？"我问。

没有回答。

"这是什么地方？是个恶地方？疯地方？"

"你在说什么呢，埃琳·劳？"

"你是谁？"我轻轻地问。

"我是天眼，我的姐姐。"

"爷爷是谁？"

"爷爷就是我爷爷，我的姐姐。"

"这个地方是什么地方？"

"就是天眼和爷爷的地方，我的姐姐。"

小鸟在房顶裸露出来的椽子中间上下翻飞，不停地唱。下面地窖里有东西在响，在滑动。

"我是活着，"我说，"还是死了？"

她眨着眼睛，迷惑不解的样子，又摸摸我的脸。

"姐姐，你一直想什么呢在下面那个黑暗的地方？"

她把一块巧克力塞进我的手里。我把它放进嘴里慢慢地嚼。

"甜！"我对她说。

"这是最甜的东西。"她笑了，"多吃点，多吃点。"

"我问什么问题你能回答？"

她耸耸肩，微笑一下。

"什么也别问。只管吃巧克力，这是最最甜的东西。"

"爷爷为什么想杀我们？"

"爷爷是一个好爷爷，他不会伤害你的永远永远。"

我摇摇头，轻轻地笑一声。

"那举着刀子干什么，天眼？"

"他不记住你们了。"

"不记得？"

"他以为你们是鬼或妖魔，来捣乱的。"

"所以他想杀死我们，天眼。"

"可能是吧，所以你们得跟天眼在一起，不能像鬼那样永远永远。你们得说，早安，看门人爷爷。你们得对他说，天眼是最最可爱的孩子。"

"还得怎样？"我说。

"没有了。这样爷爷就会对你们好的！"

我又笑出了声。

"对我们好？"

"过来瞧一瞧！"她说。

我让她领着朝印刷厂走去，不停地扭头朝河边张望，想看见一月，但什么也没看见。在办公室外面，我看见了

他，靠着一个印刷机坐着。我深深地松了一口气，叫他的名字。他冷冷地看着我。我又叫他，他只是耸耸肩。我真想向他伸出手，真希望他对我说话，但他什么也没说。我深吸了一口气，让天眼领着我进了办公室。天已近黄昏，蜡烛都点上了。爷爷正飞快地在大本子上写字。他大口地嚼着一块"弗赖本托斯"牌罐头牛肉，头盔放在桌子上，离他不远。

"看见了吧？"天眼说，"爷爷现在很温和。他不记住许多许多事情。他写下来许多许多事情，这就是他在记住。"

我望一眼大本子，又看着他发疯似的飞快写字。可以想象，在这个房间里，他借着烛光，一定写了成千上万的字。

"他一定写了许多你的事吧？"我问。

"很多很多许多，埃琳。天眼吃巧克力的时候，睡觉的时候，胡思乱想的时候，胡乱做梦的时候，他就写呀写呀写呀，写了很多很多许多。"

"他写过的本子你读过吗，天眼？"

她的双眉紧锁起来。

"你读过他写的那些东西吗？"

"他写过天眼是最最可爱的孩子，埃琳·劳！"

"还写过什么？"

"什么也没有了。"

一月在门口骂了一声，然后朝我们走来。

"她是个文盲。"他紧盯着她说，"你说，他写的那些本子都到哪儿去了？"

她咬着嘴唇。

"哎呀，一月，这可是让他生气的事情。"

"什么让他生气？"一月问。

"有爷爷的秘密那些本子里，一月，不能看，不能碰。"

一月瞪着眼睛，在房间里转着圈儿找。

"秘密在哪儿，天眼？"

她的手挨着我的胳膊，我感到她的手在哆嗦。

"你对一月·卡尔说，他不能这样下去了。"她低声说。

一月大笑。

"对一月·卡尔说，他不能到处寻摸，像鬼一样。"

"你听见了吗?"我对一月说。

他嘀咕了一声，眼睛瞪着我。

爷爷把目光投向我们。他的两眼在蜡烛的照耀下闪闪发光。在望到天眼时，那眼光柔和起来。天眼对着他笑。

"我爱你，爷爷!"她轻轻地说。

"爱，"他一边嘴里咕哝着一边写，"爱，爱，爱。天眼和爷爷。爱，爱，爱。"

"你瞧，"天眼说，"看见他有多和气了吧? 看见他心眼儿有多好了吧?"

"是啊!"我说。

"是这样，他不会伤害你的。"

一月悄悄地骂了一声。

老鼠坐在一个角落的黑影里看着我们，吱吱叫在他的手指中间翻来滚去。

过了一会儿，爷爷从桌旁站起来。他脱去了夹克衫。

·天　眼·

“我们别看！”天眼说。

我们把目光移到别处，听到爷爷在脱衣服，回头的时候，看见他除了长及膝盖的短裤外，什么也没穿。他的皮肤是蓝灰色的，身上的皱纹里淤积了黑黑的泥土，毛茸茸的胸脯上刻着一只锚。他两腿瘦瘦的，肚子略鼓出一些，但胳膊和肩膀上是大块的肌肉。他走到门口，穿了一双大靴子，弯腰吻了天眼，他的长发和胡须落在她白而发亮的脸上。他拿起一把铁锹和一只水桶，走进了越来越暗的夜色里。

“他挖宝去了！”天眼说，两眼兴奋地张大，“今晚可能会有月亮，他会把天眼的宝物找到，扔进他的桶里。”

“咱们能和他一起去吗？”我问。

她笑了。

“噢，埃琳，”她说，“当然能一起去了。快点儿，一月·卡尔，快点儿。老鼠和吱吱叫，咱们一起去看爷爷挖宝物，在有月亮、有星星的晚上！”

# 第十四章　挖宝物


仓库上方的天空仍然明亮。我们急匆匆地走，被地上的坑绊倒了，石子擦破了我们的腿和胳膊。天眼飞快地走到最前面，浅色头发随着她的步子轻轻摇摆。在她的前面，爷爷的黑影子歪向河边。在靠近河的地方，我们看见城市上方的天空像在燃烧。几百只小灯泡照出了弧形的桥拱。远处的教堂尖顶和公寓楼房构成了天空下的剪影。月光下，河水泛着白光，像一块擦得雪亮的铁板。诺顿码头上传来隐隐约约的笑闹声。爷爷弯下腰，转过身来，脚踏到了古老的梯子上。他回头望见我们的时候，两眼闪闪发光。

"晚安，看门人爷爷！"天眼喊，"这是我，我和我的朋友埃琳、一月和老鼠在一起。我们在巡逻，在看有没有鬼。"

他举了一下手，然后下去了。

我们坐在地上，看着他。他先走到木筏跟前检查一下，手指着木筏上的咒语念一遍。接着，他往前走，我们听见他的双脚在泥地里"哗叽哗叽"地响，还打滑。他停下来，开始挖。他把铁锹朝泥滩铲下去，然后举起来一锹泥，"啪"的一声放到旁边，又一锹一锹地挖下去。他用铁锹把坑里的水撩出来，撩得水花飞溅。他的身边积起了一堆泥。他蹲在泥堆旁，用手指在泥里细细地翻捡。他找到了许多东西，举起来对着月亮看，又把上面的泥剥掉。他把捡到的一部分东西扔进了河里，把另一部分东西放进了水桶，然后又全身卧倒，把胳膊使劲伸到坑里。他的整个胳膊都进到了泥滩里，手在里边摸个不停。他又找到了一些东西，有的扔进河里，有的扔进水桶。接着他又把泥填进坑里，拎起水桶，换了一个地方，又开始挖起来。我们趴在到处是裂缝的地上，脖子伸出了堤沿。从下面的黑泥滩飘来一股油污、腐烂、鱼腥的气味。有时忽然飘来一股极臭的味道，恶心极了，我们赶紧屏住呼吸，等那味道飘过去再喘气。爷爷在泥地里摇摇晃晃地走，不停地挖。月光照在他身上，就像一个古老的动物在那里挣扎，他就像

一个用泥滩的污泥做成的东西。

老鼠眼睛睁得大大的，盯着看。然后他走到我身边。

"他和我一样。"他说，"在泥土里挖宝物。"

我笑了。

"对呀，"我说，"正和你一样！"

"那里什么东西都有，"他说，"都是从河里冲过来的。还有几百年前的东西呢！"

他看着天眼。

"我能去帮他挖吗？"他问！

"啊，老鼠！"她说，"你做爷爷的小帮手，他会高兴坏的。去吧，老鼠，去帮着挖吧。"她喊，"爷爷，我的朋友老鼠要下来帮你挖宝。"

爷爷转身，两眼露出兴奋的光芒，挥挥手。

老鼠把吱吱叫举到脸前。

"老鼠去帮爷爷寻找宝物，"他说，"就像你帮我一样。"

他把吱吱叫递到我手里。

"照看一会儿！"他说。

·天　眼·

吱吱叫的小尖爪子在我手心里爬。老鼠离开我们时，它从我轻握着的拳头里露出小脑袋探望。"吱——"它尖声地叫着，"吱——吱——"

老鼠沿着梯子下去了。他蹲在泥滩的泥地上，开始用手挖起来。

"他在找什么样的宝物？"我问天眼。

"天眼需要的宝物。"

"那是什么呀？"

"他总是说，泥滩里有许多宝物和秘密。这些东西是被水冲过来的在很早很早以前。他总是说，他会找到这些东西在某一天晚上，会把这些东西扔进水桶。"

我们又继续看。

一月坐起来，朝大海的方向望去。

下面铁锹铲泥的声音持续不断。

"他找到什么宝物了吗？"我问。

"都是些小东西。他总是说，他会找到更多的宝物在他动也不动之前。"

"动也不动?"

"动也不动。他总是说,最最好的宝物已经挖到了,这个宝物就是天眼,他是在一个有月亮、有星星的夜晚挖到的。"

一月从鼻子里"哼"了一声。

"他也把你扔进了水桶,对吧?"

"喂,一月·卡尔,我太大了,装不进水桶,你自己看不见吗?"

一月在我们身后走来走去,像寻找猎物的狮子。

我趴在天眼的身边,摸一下她手指上的蹼。她瞪着大大的浅色发亮的眼睛看着我。

"泥滩还有别的天眼吗?"我问她。

她眨着眼睛思索。

"这是一个谜,埃琳。但他总是说有一天他会挖出天眼的兄弟和姐妹的。他总是说,他们会照顾天眼的在爷爷动也不动时。"

我伸出胳膊搂住她。

"天眼，"我轻轻地问，"你真的以为你在什么地方有兄弟和姐妹吗？"

"在这黑色的黑泥滩里，是的。"

"不，是在其他的地方，是在很早以前。"

"有一些可笑的念头和梦里的回忆，里边可能有姐妹和兄弟，还有许多许多奇怪的事情。可是这些事情我们不能说，因为爷爷知道了会生气的。"

"什么时候我们可以悄悄地说吗？"

她往前挪了一下，摸一摸我的脸。

"可以！"她低声说，"可以，我的姐姐。"

我们一起趴在那里看爷爷和老鼠挖泥。吱吱叫在我手指中间翻来滚去。没人注意到一月已经离开了我们。

# 第十五章　小帮手


"一月·卡尔上哪儿去了?"天眼问。

河边,爷爷正在挖第三个坑。老鼠趴在泥滩的泥地上,两只胳膊全埋在了泥里。

天眼坐起来,扭头朝楼房的方向望。

"一月·卡尔上哪儿去了?"天眼问。

"不知道。"我说。

"哎呀,埃琳!"她说。

"他不会有事儿的。"我说,说罢大笑起来,"他是个大孩子了,你知道的。"

"但他脑子里总有一些坏点子,埃琳。"

"那我去找他,好吗?"

她咬着嘴唇。

"我们俩一起去,埃琳。我们先去爷爷的办公室找。"

我们悄悄地离开了码头。我把吱吱叫放进了口袋里。

·天　眼·

我们急匆匆地从小巷里穿过，来到了印刷厂。办公室用木板封起来的窗户透出了微弱的烛光。天眼急奔到门口，贴着耳朵听。她望我一眼，眼里充满了恐惧。

"一月·卡尔在里边。"她低声说，"除非鬼在里边。"

我也听见了，他在里边走动。

"你去，"她说，"去告诉一月·卡尔，叫他别胡来。"

我扭动门把手儿。

一月正往架子上爬。他已经爬到了半截，还要上更高的地方，见我进来，便咧嘴笑。

"下来！"天眼喊，"下来，下来！"

她往前推我。

"你叫他！"她说，"叫他下来，下来！"

"下来！"我说。

他举着一把生锈的剪刀和一条小鱼的白色骨架。

"宝物！"他说。

天眼哭了。

"下来！"我又说。

144

145

"下来!"天眼哭着说,"你会让爷爷生气的,他会修理你的。"

一月从架子上跳下来,落在我身边。

"那上边……"他边说边指着架子的最高处,那里放着蒙满灰尘的纸箱子,"那里边可能有点什么东西。"

"不,一月·卡尔!"天眼说,"你绝不能再上到那里,绝不能打开那些箱子看!"

他只是大声地笑。

"瞧这儿!"他边说边蹲在桌子旁边,让我看锁着的抽屉,"这里边会有什么呢,嗯?"

他从口袋里掏出小刀,打开一个薄薄的刀片,插进了锁孔里。

"叫他不要动!"天眼哭着喊,"叫他千万别动!"

我抓住他的手。

"行!"他大笑着说。

天眼靠在我身上,用带蹼的手捂着脸哭。一月眨一眨眼睛。

· 天 眼 ·

“他们两个都不在的时候，嗯?”他低声说。

我回瞪了他一眼，但我知道我和他一样，也很想打开那些箱子和那个抽屉。

我们靠着墙坐下。我让天眼吃橙味奶油巧克力，轻轻地告诉她，一月再也不会做这些事了。我从口袋里掏出吱吱叫，递给她。她看着吱吱叫在她手指中间翻来滚去，安静下来。

“你真好，埃琳!”她紧紧地靠着我低声说，“一月·卡尔真调皮有时。”

不一会儿，我们听到了有人从印刷厂的地板上走过。爷爷和老鼠进来，爷爷穿着短裤，老鼠穿着背心和短裤，他们都浑身湿透了，水从身上往下滴答。老鼠两眼闪着喜悦的光芒。

“神了!”他说，“神了!”

老鼠跪在地上，打开两手，“哗啦啦”地往地上倒了一小堆东西：蓝色的水晶石、一个小动物的头骨、一枚硬币、一只红杯子的把儿、一个绿色塑料碗。

146

147

"看见了吗?"他说,"那泥里一定还有很多东西等着发现呢!"

爷爷提着水桶来到桌旁。他把发现的东西放在桌上,又把自己的衣服穿上。

"我们使劲挖,"老鼠说,"挖,挖,挖个不停。我觉得我能一直挖下去,挖到地心。后来河水上来了。我们到乌斯波恩小溪里洗了一下。"

他抬头看着爷爷,"他一定找到了不少好东西!"他轻声说。

天眼站在爷爷身边,胳膊搂着爷爷,用骄傲的眼神望着他。

"星期二。"爷爷边说边写,"也许不是星期二。发现,好几个。罐头盒,一个,生锈了。一个便士。几十个汽水瓶,塑料的。一个锤子,没有把儿。两个鱼钩儿,一大一小。扔进河里的东西,许多。首饰,无。金银,无。宝物,无。帮手,一个。"

"那是老鼠。"天眼说。

她兴奋地看着我们。

"那是我的朋友老鼠，爷爷。老鼠是你的小帮手。"

"名叫老鼠。"爷爷一边写一边自言自语。

他转过头来，看着老鼠，好像很惊奇。

他接着写：

"在一个夜晚来了一个帮手，他从黑色的黑泥滩来，帮我挖泥，和我一起寻找天眼的宝物。"

"他每天晚上都会帮你！"天眼说。

爷爷沉思一会儿，接着又写。

"注意，请记着，爷爷。这个帮手必须配备：水桶，一只。靴子，两只。"

天眼高兴得喘不过气来。

"水桶，靴子！老鼠，爷爷一定很喜欢你帮他！"

# 第十六章　说瞎话

半夜的时候，爷爷突然把我们都吵醒了。

"鬼！"他高声喊，"鬼！鬼！"

我们都从地铺上坐了起来。

爷爷站在架子跟前，手里举着一只断裂的鸟翅膀。在他脚边的地上，有一个碎玻璃瓶。

天眼急忙跑到他跟前。

"小天眼，鬼来过这里！"他说。

他指着架子上黑色灰尘上的鞋印。我全身哆嗦。毫无疑问，这是一月穿的球鞋留下的印记。爷爷盯着紧挨房顶的那些关着的箱子看。他试着往上爬，但身体不稳，跌落下来。

他的脸涨得通红，紧绷着。

"没人上去过。"我小声地说。

他盯着我，仿佛要把我看穿。

"鬼！"他小声说。

天眼浑身发抖，用带蹼的手指紧紧地抓着他的胳膊。

一月站起来，走到我们跟前。

"没有人上去过。"他说。

爷爷低头望着老鼠。

"你是我的小帮手，对吗？"他说。

"对！"天眼说，"他是你的小帮手！"

泪水在她脸上流。

"爬上去！"爷爷说，"爬到放箱子的地方，看看箱子是不是打开过，小帮手。"

老鼠揉了揉睡意未消的眼睛，开始往上爬。我站在他下面，随时准备好接他。他爬到了架子最高处。

"箱子关得紧吗？"爷爷问。

老鼠伸出手，将每个箱子的盖子拉一拉。

"关得很紧。"他说。

"绳子和带子都绑得好吗？"

"都绑得好好的。"

爷爷松了一口气。

"好，快下来吧！"他小声说。

他眼圈红红的，盯着脚印看。他挠一下胡子，黑色的灰尘直往下掉。他看起来老了，真老了。他紧紧地搂住天眼。

"没事吧？"她轻声问。

他指着脚印。她伸手把脚印抹掉了。

"没什么。"她轻声说，声音有些颤抖。

他舔着嘴唇，陷入深深的思索中。

"没什么。"天眼又说，"你想事儿了在梦里，爷爷。"

"鬼没有来过？"他说。

"没来过，爷爷。"

她领着他回到桌旁。他坐在那里，两眼茫然地看着眼前。天眼抚摸着他的头。过了一会儿，他拿起铅笔，又开始飞快地写起来。

天眼在我身边躺下，悄悄地哭了。

我抚摸着她的头发。

“没事了！”我说。

“不，埃琳。再也不会没事了！”

她在几个小时里，一直翻来覆去，睡不着。

“这个一月·卡尔！”她忿忿地小声说，“这个一月·卡尔！他让我不得不说瞎话，假话。唉，埃琳！唉，我的姐姐埃琳·劳。”

# 第十七章　万宝库


靴子干巴巴的，都变形了。老鼠穿上后，脚趾前是空荡荡的。靴筒高到了膝盖。爷爷用绳子在靴子上缠来缠去，把靴子牢牢绑在他的小腿上。短裤是海蓝色的，穿在老鼠的身上就像一条长裙子。铁锹有一个粗粗的木柄，颜色发白，边缘已经生锈。老鼠站在我们面前眨巴着眼睛。他皮肤发白，瘦骨嶙峋，脸上流露着腼腆和骄傲的神情。吱吱叫蹲在他的脚边，仰头望着他，"吱吱"地叫着。

天眼高兴地拍着巴掌。

"哎，老鼠！可爱的小老鼠！你真好看啊！"

她盯着我的眼睛看。

"告诉他，埃琳！告诉他，他真的很好看！"

我一本正经起来。

"对！"我说，"老鼠，你真的很好看！"

爷爷站得稍远一些，沉思了一会儿。

"小帮手，你看起来很像样子！"他说，"你的水桶在门边，挨着我的水桶。今晚我们出去挖泥找宝。"

"是，爷爷！"老鼠说。

他把手举到跟眉毛一般高，好像行军礼一样。

天眼咯咯地笑了。

"听见了吗？你听见了吗？'是，爷爷'，这多像一个小帮手说的话。啊，老鼠，真为你骄傲！我们现在能更快地找到宝物肯定！"

她飞快地往嘴里塞了一块奶油巧克力糖，然后在屋里跳着转圈。爷爷戴上头盔，把夹克衫的扣子系好。天眼停下来。

"爷爷，该去巡逻了。"她说。

"该去巡逻了。"

他抬头看看架子，看看挨着房顶的那些箱子，又靠近原来有过脚印的那个地方，低头沉思。

他从口袋里掏出一把钥匙，将书桌的一个抽屉打开，从里面拿出一把切肉刀。

"我们必须小心，天眼。"他说。

"对，爷爷。我们必须小心又小心。"

她朝一月做了一个鬼脸。爷爷用一块布把刀子包好，放进他的上衣口袋。

爷爷又把抽屉锁好。他吻了吻天眼，又向老鼠挥了挥手。他的眼神从一月和我的身上扫过，好像我们根本不在那里似的，然后迈步走进了印刷厂。

"老鼠，把那些傻玩意儿脱掉！"一月说。

老鼠眨了一下眼睛，脸有些红。他把铁锹靠在墙上，从床上拎起了自己的衣服。

天眼伤心地摇摇头。

"埃琳，我们出去走走，说一说妈妈、爸爸、宝物。"她小声说。

"好吧！"我说。

我瞪着一月，用手指着他。

"别再做那种事了！"我说。

他眨一下眼睛，模仿着天眼的嗓音说话。

"好像我会那样做似的，埃琳，我的朋友最最好的最最好的。"

他叹口气。

"唉，我快要饿死了。"

"这里有巧克力和牛肉罐头。"天眼说。

"巧克力和牛肉罐头！"

他朝门口走去。

"我要看看还有什么。嗯？"

"小心！"我说。

"小心！"

"别忘了那刀子。"

他咧嘴一笑，拍拍自己的口袋，那里装着他自己的刀子。他慢悠悠地走进了印刷厂。天眼伤心地摇摇头，拉起我的手。

"这个一月·卡尔！"她小声说。

接着，她的脸色又明亮起来。

"快点儿，埃琳，给我讲讲妈妈爸爸的故事好玩的。"

我们又坐在门口，相互靠着，讲起了一些十分神秘的故事。在我们讲这些故事的时候，爷爷在巡逻，一月在乱找东西吃，老鼠在玩耍，还与吱吱叫悄悄地说话。

过了很长时间，一月回来了，抱着一个箱子。他走到我们跟前，把箱子扔到地上。箱子里面装满了各种吃的、喝的：一听一听的扁豆、豌豆、水果；一包一包的饼干；西红柿酱；一盒一盒的奶粉、麦片；一听一听的可口可乐、一瓶一瓶的咖啡；一包一包的茶叶。

"那里简直像一个万宝库！"他大笑着说。

天眼眼睛瞪得大大的，两手捂着脸。

一月把一大块水果加果仁巧克力扔到我手里。他撕开一包"霍布诺布"饼干①，递给天眼。

"来吧，"他说，"拿一块！"

"一月·卡尔，这些东西要用很久很久很久的时间。"她说。

"没问题，那里存的东西养一支军队都够。"

--------
① "霍布诺布"饼干是英国常见的一种用燕麦做成的饼干。

"知道那里有许多箱子没有打开，永远在等着人来开，这是很开心的。"

"真开心！来吧，拿一块，拿一块！"

她咬着嘴唇。

"爷爷会怎么说呢？"

"爷爷！"

他把一块饼干扔进嘴里，大口地嚼着。他愉快地松口气。她伸出手，碰到了那盒饼干。

"爷爷什么都不会知道！"一月低声说，"拿一块，来吧，当一回坏蛋！"

她靠着我，慢慢地伸出手，拿了一块，然后举到嘴边，一点一点地吃起来。

"好吃吗？"我问。

"嗯，好吃得真好吃。"

她看着地上的箱子。

"我们得把这些东西藏起来。"她说，"爷爷看见了会生气的。"

"这些东西能藏到哪儿?"一月问。

她指着一台最大的印刷机。

"也许可以藏在黑影里,在机器下面。"她说,"他不会看见的。"

一月从地上搬起箱子,急急地走过去,蹲下来,把箱子推到黑影里,然后扭头朝我们笑。

"好主意,天眼!"他说。

天眼咬着嘴唇,靠着我。

"我学坏了!"她说。

"不,你没有学坏!"我说。

一月朝她眨巴眼睛。

她侧过头来看着我,脸红红的。

# 第十八章　梦中的秘密

夜晚。月光如水。阵阵刺耳的音乐从远处的诺顿码头传来。我们一起躺在到处是裂缝的地上，注视着下面的黑泥滩。一月待在我们身后的黑影里。老鼠和爷爷一起踩着泥往前走。老鼠穿着新靴子摇摇晃晃，走几步跌一跤。他身后拖着沉重的水桶和铁锹。

"你肯定很骄傲！"天眼说，"你的朋友老鼠成了爷爷的小帮手！"

"是的，天眼。"

我从口袋里掏出一块饼干递给她。

"好吃的东西。"她说。

她缩了一下身子，咯咯地笑了。

我们看着他们走，黑色的、闪光的泥滩托着几个闪光的黑影。我们听见爷爷说：

"小帮手！"

"在，爷爷！"老鼠喊。

"记住！找到任何东西后都得给我看！"

"是，爷爷！"

"好，小帮手！开始挖吧。"

我们听见他们"噼里啪啦"地铲泥。我伸出胳膊搂住她。她确实很小，真像一个小妹妹。城市上面的夜空是红的。空气中充满着各种声音：河水流动的声音，远处车辆的声音，城市里传出的低沉而不断的噪音。老鼠在泥里找到一个什么，他走到爷爷跟前给他看。爷爷举起来对着月亮看了一下，然后朝河里使劲扔去。老鼠又转回来，接着挖。

"天眼，"我说，"你有时会想到泥里没有宝物吗？"

"哎，埃琳，你怎么有那么多的问题？"

"你有时会想到可能什么也找不到吗？"

"他真的都挖到了东西每天晚上。"

"可那不是宝物，天眼。"

"对，埃琳。"

"你也这么想？你有时真的以为不会有什么宝物？"

"对，"她小声说，"我真的这么以为，在做梦的时候，埃琳。"

老鼠又找到了什么，他拿着给爷爷看。爷爷把那个东西扔进了河里。老鼠转身又去挖。他挖得越来越深，身边的泥堆越来越大。我们看见他在坑里越来越低。挖的坑先是齐腰深，后来齐胸深。

"小老鼠真会挖！真能干！"天眼说。

"不错。"我说，"小心，老鼠！"我喊。

"根本不用担心。"天眼说，"爷爷会留意的，他不会让小帮手有任何危险。"

我轻轻地搂着她。

"给我说说你梦里的想法，天眼。"我小声说，"说说你在梦里看见了什么。"

"啊，埃琳，这些可是重要秘密。"

"小声说。"

"这些事情会让爷爷生气，会让他发疯的。"

"小声说。我是你姐姐，天眼！"

"你不会讲一句给任何人？"

"不会给任何人讲一句！"

她用手指指向月亮，深吸一口气。

"在梦里，我和鬼一样。"她轻声说，"和我在一起的人也都像鬼。"

"他们是什么人，天眼？"

"说不清楚，埃琳。他们就在我身边。他们抱着我，摸我，嘴里说着很好听的话。他们摸我的手指，说着很好听很好听的话。"

"你能看清他们的脸吗？"

"高兴的脸，很甜，很善良。"

"他们是什么样子的，天眼？"

"最可爱的一个，头发是太阳的颜色，眼睛像流动的河水。她的脖子上有亮亮的银项链，身上插着鲜花。"

"还有什么，天眼？"

"另一个，站得远一些，我看不清楚他。他站在黑影里，像在印刷机下面那样。还有一些，有的小，有的大。这些，我也看不清。他们看起来很小，就像在河对岸跑过去的鬼一样。但他们也在笑，有的还大声地笑。"

她喘一口气，又啃起了饼干。

"这些事，你不能说一句给别人！"她说。

"我什么也不说！"

她松了一口气。我们看着老鼠往下挖。

"最可爱的那个也是最亲的，埃琳。她有时真的让我在睡梦中想得流泪。"

"她小声地说些什么，天眼？"

"简单的话，小声说的话。她真的说我很可爱。"

"她叫你天眼吗？"

"不，埃琳。"

"她叫你什么？"

她的声音更低了，低得几乎听不见。

"别告诉任何人！"她说。

"不告诉任何人！"

"她轻轻地叫我安娜，安娜，小安娜。"

"安娜？这是你的名字？"

"我的名字是天眼，安娜是我梦里的名字。安娜是我瞎编瞎想出来的名字。这个名字绝不能告诉任何人，特别是不能告诉爷爷。"

她紧紧地抓住我的手。

"你千万不能把这些事情告诉他，埃琳！"

"你对他说过吗？"

"说过一次，很早以前，很早很早以前。他对我说这些全是假的、错的。他发怒了，埃琳。他真的发怒了。你千万一句也别告诉他，一句也别说！"

"一句也不说！"我小声说。

我紧紧搂着她，想到了一直想问的各种其他问题。月光皎洁。老鼠和爷爷在挖泥，身上披着月光。铁锹将泥铲起，又"啪"地扔到一边。

"天眼……"我说。

"什么也别问了，埃琳。"

"可是，天眼……"

我正要问她另一个问题，一声尖叫从底下传上来。老鼠从坑里爬出，跌跌撞撞地跑，穿过黑泥滩。他一边跑，一边不停地喊着我的名字。他声嘶力竭地喊，从木筏上跳过去，攀住梯子往上爬。他上了码头沿上，浑身发抖，喘不过气来，使劲喊着我的名字。水和泥"噼里啪啦"从身上掉下来。

"埃琳！埃琳！"

我跳起来，一把抓住他。

"老鼠！怎么啦，老鼠？"

他的嘴张得大大的，一脸惊恐。

"一个尸体！"他大喊，"泥滩里埋着一个尸体，埃琳！"

他浑身哆嗦，吓得都哭了。

下面，爷爷拄着铁锹，借着月光，注视着我们。

# 第十九章　意外发现

"谋杀!"一月说。

我们在码头上围拢在一起。天眼惊慌地站在一边。

"谋杀!"他说。

他掏出刀子，紧紧地握在手里。

"谋杀!"他说，"他的秘密就是这个，血淋淋的谋杀!"

我们朝下望着泥滩。爷爷跨在老鼠刚挖过的坑上。他弯腰下去，顿时，泥滩的黑暗吞没了他的黑影。

"是什么样的?"一月问。

老鼠喘口气，急急忙忙地讲他的发现。

"一个尸体! 一个尸体! 我摸到了。我原以为是什么东西，把手伸进泥里，就摸到了手指! 我摸到一只手朝上举着! 在月光下我看见那手还亮亮的，像是朝我伸过来! 但是像冰一样凉，一动也不动!"

"一动也不动?"我小声地说。

"一动也不动，埃琳。"

"还有什么?"一月问，"有没有脸?"

老鼠瞪大了眼睛望着他。

"脸?我不想看到什么脸，我没想……"

"他来了!"我悄声说。

我们朝下看。他踩着泥大步走来，手里提着铁锹和水桶。

一月一伸手，抓住了天眼的领子。

"谋杀!"他朝她脸上啐了一口，"谋杀!爷爷把谁杀了，天眼?"

泪水从她眼中"哗哗"流下。

"埃琳!埃琳!"她向我伸手求救。

我从一月手中把她夺过来。

"斧头!"他说，"书桌旁边的斧头，快!"

我们急忙穿过漆黑的小巷，去印刷厂。天眼一边走一边哭。

"你错了!"她哭着说,"埃琳,你对一月·卡尔说一月·卡尔错了!"

我们从展开的翅膀底下跑过去,跑到办公室。我看见一月留在架子上的脚印。架子上的东西散落一地。一月抓住斧头,我拿着刀子,老鼠和天眼都在哭,我们站在那里等着。

"说不定他已经害了不少像我们这样的孩子!"一月说。

他瞪着天眼。

"说!"他说,"爷爷修理了多少个小孩儿?他杀死了多少?"

她躲在我的背后。

一月骂着,往地上啐着。他盯着我,屏住呼吸。

"她一家人,"他说,"她一家人遇到什么事了?"

我握紧了刀子。

"不知道,"我说,"不知道。"

我们相互看着对方。

"不可能!"我小声说。

"不可能?"

他手伸进口袋使劲掏,掏出了一张照片。这是一张又皱又破的照片。照片上是一家人,母亲、父亲、孩子,都对着我们笑。母亲金发蓝眼,穿一件浅色的花布连衣裙,怀里抱着一个婴儿。我说不出话来,心"咚咚"直跳,脑子里乱哄哄的。我把照片举到面前,想看清婴儿的手指。这时天眼挤到我身边,用带蹼的手指捏住照片的一边。

"埃琳,"她低声叫道,"啊,埃琳!这是我在梦里的回忆,埃琳!"

我让她把照片全拿住。她蹲在地上,惊奇地盯着照片看。

"这是从上边找到的。"一月说,他朝上点点头,让大家看屋顶。他的眼睛睁得大大的:"没错!他把他们都害了!可恶的凶手!"

"不会!"我说。

"你问她!"

我盯着天眼看，她坐在地上不住地哆嗦。

"安娜！"我小声地叫。

"别叫这个名字，埃琳。"

"安娜，安娜！你在梦里还看到什么？"

"什么也没有！没有没有没有！一月·卡尔全是撒谎、瞎编，说得不对！"

她张开两手，像伸出爪子，扑向一月。一月把她推开。她倒在了地上。他啐着，骂着，然后瞪着我。

"你！"他说，"是你让我们和这些怪人、疯子待在一起，所以你现在最好帮我把他干掉！"

我们站在那里，大口地喘着气，抹着泪，仔细地听着外面。

这时，爷爷的脚步声从黑夜里传来，他已经到了门前。

# 第二十章　他不想伤害你

他进来了，泥和水不停地从他身上往下掉，他黑得如同夜色。他的肩膀又宽又大。他把铁锹和水桶"乒乒乓乓"地扔在地上，像树桩一样站在那里，盯着一月看一会儿，又盯着我看一会儿。一月把斧头举过了头顶，我紧握着刀，刀尖直对着他。

"天眼！"他低声地吼着。

"爷爷！"

"你没事儿吧，天眼？"

"没事儿，爷爷。"

说话间，他的手里已经握住了切肉刀。

"到我这边来，我的小乖乖！"他说，"离开那些鬼。"

她站起来要走，我一把抓住她的胳膊，紧紧地拽住她。

"她是我们的！"一月说。

他高举着斧头，往前逼近。爷爷往后退，退到了门口。

"碰她一下，就让你死！"他说。

他眯起了眼睛。

"小帮手！"他叫。

老鼠浑身哆嗦，哭哭啼啼。

"小帮手！"

"爷爷！"

"你没事儿吧，小帮手？"

"他吓坏了。"我小声说。

"碰他一下，就让你死！"爷爷说。

"杀人凶手！"一月低吼着，"凶手！"

爷爷挥手抹掉眼睛上黏糊糊的泥，盯着一月。他伸出一只手。"过来，天眼！"他说。

我紧紧地拽住她。

"别动，妹妹！"我小声说，"别动，安娜！"

我闭上了眼睛。

"妈妈！"我轻轻地喊，"妈妈！妈妈！"

她的声音在我心里响起。

"镇静，埃琳！保持镇静，一切都会好的！"

"他不想伤害你！"天眼说，"爷爷是一个好爷爷。他不会伤害人的！"

我听见一月急促的呼吸，听见他的惊恐、激动。他举着斧头的胳膊不住地晃动、哆嗦。爷爷又抹了一把眼睛上的泥，朝前走来。

"爷爷！"老鼠叫道。

"小帮手？"

"爷爷，泥滩里有一个尸体，埋得很深很深。"

"我知道，小帮手。所以说，今天晚上你来挖泥，带来了很大的快乐。"

"很大的快乐？"

"很大的快乐，我的小帮手。因为你今天晚上挖到了一个圣徒。爷爷挖了这么多年从来没有找到的圣徒，今天让你给找到了。"

他伸出一只手。

"到我这边来！"他轻声说，"和小天眼一起过来，离

开那些可恨的鬼。我给你们讲很多圣徒的故事。"

他瞪着我，瞪着一月。

"我看到了，"他低声说，"我看到你们俩怎么把我的天眼引入歧途，怎么把我的小帮手引入歧途。这两个孩子是我的宝贝。你们该走了。他们跟爷爷在一起很安全。"

"我们不会自个儿走掉的！"我说。

他突然走上前来，轻而易举地夺下一月手中的斧头，把我手里的刀子打落在地。然后，一把把老鼠和天眼拉过去，护在胳膊下。

"想清楚了吗?"他低声问，"你们是自个儿走呢，还是让爷爷来修理你们?"

他把老鼠和天眼推到桌子后边，冲着一月和我走来——一手提着斧头，一手握着刀子。我们朝门口后退。

"爷爷！"天眼喊道，"别碰他们！他们是我的朋友，爷爷！"

"朋友?"他低声道，"这两个是鬼！他们把你的脑子搞乱了，我的小乖乖！叫他们走开，咱们自个儿在这儿享受幸福和安全吧!"

天眼哭了。她的眼睛里流露着痛苦,流露着对我们每一个人的爱。

"可是,爷爷,你要赶走的是我的姐姐呀!"

"你没有姐姐!你什么也没有!你只有爷爷,现在又多了一个爷爷的小帮手!"

她不住地抽泣。老鼠伸手搂住她的肩膀。

"爷爷!"她喊,"哎,爷爷!"她举起了那张照片。"这个画儿我梦里梦见的是怎么回事?这些鬼是谁?我的妈妈和爸爸怎么了?我的姐姐和哥哥怎么了?"

他停住,身子一下子软了。他翻动着眼睛,一边看着我,一边对天眼说话。

"你说什么,我的小乖乖?"

"他们到哪里去了,爷爷?我的妈妈、爸爸,我的哥哥、姐姐?"

泥和水从他的额头上流下。

"看见了吗?"他低声说,"看见你们对可爱的天眼做

的好事了吗?"

　　他把斧头和刀子扔下,走到天眼跟前。他紧紧地抱住她,两个人一起痛哭,相互叫着对方的名字,叫了一遍又一遍,一遍又一遍。

# 第二十一章　不能离开你

一月和我静静地站着，看着他们哭了很长时间。高大的老人身上依然不停地往下掉黑泥，他老泪纵横，长长的胳膊搂着弱小的天眼。老鼠靠墙蹲着，浑身也脏乎乎的，用恐惧、迷惑的眼神看着他们哭。铁锹、水桶、摆放宝物的架子、藏着秘密的箱子、那个大本子、刀子、斧头……我们很快要与这些东西告别了。我们向老鼠招手，一起走出办公室，进入印刷厂，随即把门带上。

一月揉着眼睛。

"刚才的事是真的吗？"他轻声问。

"是真的！"

"你真的发现了尸体？"

"真的！"老鼠说。

我们浑身直哆嗦，一时想不明白。我们在天使和鹰之间走来走去。蝙蝠挥动翅膀，在星空下飞舞。月光如水，

从天上泼下。

"还有其他的东西，"一月说，"一大堆东西。报纸和照片，带字的纸片，图画，小首饰。箱子给装得满满的。"

"都是宝物！"我说，"都是她父母留下的！"

"对，是宝物！我刚发现这些东西就听见老鼠大声叫喊。"

我们静静地站在月亮下。这个地方让我们惊魂，所发现的东西让我们诧异。

"我们走吧！"一月说，"回到木筏上，漂流下去，什么也不用管了。"

"我们不能！"我说。

"能！"他说，"这个我知道！"

我们坐在印刷厂门口，望着远处的河对岸。不一会儿，老鼠蜷缩起身子睡着了。一月笑了。

"瞧他这样子，好像这里是他家似的。他哪儿都能睡，什么时候都能睡。"

"像个睡鼠，是吧？"我说。

我们相互靠着。

"我老是有种幻觉，好像你已经走了。"我说，"我看见你一个人向大海漂去。"

"我差一点儿就那么做了。从码头上下去，跳到木筏上，自个儿去漂流，没什么难的。"

"可是你没那么做！"

"可能是因为我不能那么做！"

他耸耸肩。

"我不能离开你，埃琳！"

我们直直地看着对方的眼睛。

"这我知道。"我说，"你也知道将来有一天我会随你去任何地方的，任何地方！我会跟着你走到天边。这你知道，对不对？"

"对！"他说，"我知道，埃琳。"

我们看着河水在星光下闪烁，都沉浸到自我之中，沉浸到记忆、思索和梦想之中。我跌进圣加布里埃尔的那个小园子里，感到妈妈的胳膊搂住了我。一月在哪里呢？也

许在一个纸盒子里，还盖着毯子，被提着走过一个寒冷的冬夜。

我们静默了很长时间。月亮已经在夜空里走了好远的路。远处车辆的噪音传到我们耳朵里，还有音乐。

我感到一月心里已经安静下来，他的愤怒、恐惧和兴奋已经平息。

"埃琳。"他轻轻地叫。

"嗯。"

"你觉得有一天我们会把自己了解得清清楚楚吗？"

我想起了那个惊恐的年轻美丽的妇女，她从医院的台阶上冲下来，冲进幽深的冬夜里；想起了船上的那个男人，他的船摇摇摆摆地顺河而下，最后驶进大海。

"不知道。"我抓住他的胳膊说，"有许多事，我们永远都不会知道。但也许有一天，在你最想不到的时候，你妈妈会走过来说，'喂，我就是你妈妈！'"

"对！"他说，"她会来的！"

"我也觉得会来的。"

他坐直了，面对着我。

"她仍然爱着我，想着我，埃琳！终有一天她会来找我的！"

说完，他的身子一松，又靠在我身上。

"我什么也没有，你知道的。"他说。

"什么也没有？"

"没有宝物，没有照片，没有耳环，没有唇膏，什么也没有，连记忆也没有。只有梦，只有愚蠢的想念，愚蠢的希望。"

"可是你有朋友！"

"也许吧。"

"你真的有朋友，你有爱着你的朋友。"

他哆嗦着哭起来。

"有时候，"他说，"我真想恨周围的每一个人。我想恨他们，伤害他们，也让他们恨我。"

我轻轻地笑了。

"这我知道。"我说，"可是你对他们恨不起来。"

"对！我连怎么恨都不知道。"

我们又沉默下来。妈妈来到了我们身边。我感到她的呼吸吹到了我的脸颊上。她搂住我，也搂住一月，我们一起坐在月光下，半睡，半醒，因感觉自己活在这个神秘的世界上而快乐，而恐惧。

# 第二十二章　天眼的照片

东方露出晨曦，星星渐渐褪去，鸽子和麻雀代替了蝙蝠，在头顶上飞舞。海鸥在河面上凄厉地尖叫。我们惊异地相互看了一眼，笑了。我们站起来，把老鼠轻轻地摇醒。

"谁也不知道办公室里现在究竟怎么样了。"一月说。

我们回到办公室。里面一片寂静。我们轻轻地把门推开。爷爷和天眼都坐在地上，爷爷一只胳膊搂着天眼。在他们身边，有几只纸箱子，已经打开。天眼用带蹼的手捧着一张照片。

"埃琳，"她说，"我还以为你走了呢和一月·卡尔一起。"

她的眼睛很亮，有如燃烧着的火，含着泪水。

"唉，埃琳！"

她转向爷爷。他点点头，垂下了眼皮。

我在她身边蹲下，她让我看她手中的照片。照片已经

很皱，褪了色，但仍然能看出是一家人：母亲，父亲，在他们前面坐着的四个孩子。她把照片举到我眼前。

"近点看！"她说，"你会看见一个小小的天眼。"

我贴近照片看。后一排中最小的那个，她金黄色头发，明亮的大眼睛，白白的脸蛋；从她的小手上，能看出手指中间有蹼，脚趾中间也有蹼；她坐在一个女人的腿上，那女人轻轻地搂着她。

"这是我。"天眼说。

"是你。"

"我还什么都不会说，埃琳。"

"你那时还用不着说话。"

我看着爷爷。

"这是她吗？"我问。

"是她！"他说，"是天眼！"

他的眼里充满了记忆，神秘、困惑。

"都弄错了！"他说，"都是想象出来的。"

天眼的手指在照片上慢慢地滑动，先摸她自己，接着摸她的母亲、父亲、姐姐、两个哥哥。

"我的名字是安娜。"天眼说。

她轻轻地咬住嘴唇，慢慢叫出自己的名字。

"安娜！"她轻轻地叫，"安娜！我真觉得有一点别扭，叫安娜的时候。安娜！安娜！"

"你真是一个可爱的小宝贝！"我说。

一月接过照片，盯着看。

"没错！"他说，"你真的很可爱，安娜。"

"我不是从黑色的黑泥滩底下跑出来的像鱼像青蛙那样的东西。"

"你和我一样，是像鱼像青蛙那样的东西，但你是在你妈妈肚子里长大的。"

她又拿起照片，摸一摸那个女人的脸。她腼腆、快活，但又害怕。

"这是我妈妈！"她轻轻地说，"这是我爸爸！这几个是我哥哥和姐姐！"

还有其他照片。每张照片都褪了色，有裂纹，发白，

像是在水里泡过似的。照片上照的都是相同的人，只是他们的位置和姿势不同。有一张照片照的是他们在客厅，挤坐在沙发上，咯咯地笑。有几张照片，只照了孩子或者父母。有一张是父母的结婚照：她身穿白裙，头盖白纱；他一身黑装，两人都笑得合不拢嘴。有一张照的是全家在一个小帆船上，围坐在桅杆旁。他们穿着防水衣和救生衣，连小小的安娜也穿着。风猛烈地吹着他们的头发，大海在船后翩翩起舞。

我们凝视着安娜的照片，看见了她的过去。

"你很幸福！"我说。

"真的！"

她搂住我的胳膊。

"可是现在我的心不停地扑扇就像鸽子的翅膀，像流水卷起一个又一个漩涡，像尘土到处飞扬。我不知道我是不是幸福现在！"

"你有过一个可爱的妈妈，"我说，"你有过一个可爱的爸爸，你有过可爱的哥哥和姐姐。这些可不是谁想有就能有的。这些是你的宝物，安娜。你已经找到了你的宝物！"

她摸着她妈妈的脸。

"妈妈！"她轻轻地叫，"妈妈！妈妈！"

爷爷低下了头，泪水从他的眼睛里涌出。

"我错了！"他说，"这些都是你的，小乖乖。当时把这些东西藏起来，是为了让你心里永远快活。你瞧你，眼泪还在脸上流呢！"

"你也是，爷爷！"

她伸手扑向他，抱住他，他们相互拥抱着，摇晃着身子。

我从一个箱子里捡起一张报纸，这是十年前的报纸。报纸的标题讲一家人在海上全部遇难。一月骂了一声。我们把报纸放回到箱子里，相互默默对视。

"那个尸体，"一月终于开口，"我们最好再把它找到。"

"你在开玩笑吧？"我说。但我心里知道他没有开玩笑。

# 第二十三章　一起去冒险

老鼠与爷爷、天眼留在办公室，我们俩走了出来。

"你疯了！"我说。

"喂，"一月说，"你总是这样说。"

他咧着嘴笑，像个坏蛋。

"你的冒险精神哪儿去了，啊？"

我大笑，使劲捶打他的胳膊。

"你没有自个儿走掉，我很高兴！"我说。

"我也高兴。"

我冲着他轻轻一笑。

"我们一起去冒险吧！"我说。

"好！我和你！"

我打了一个哆嗦，又笑了。

"我和你！"我说，"我和你，和那个尸体，还有那泥滩！"

我们离开了印刷厂。一月朝着码头的方向走。火红的太阳已经升起，低低地悬在东边看不见的海面上。

"要是谋杀，怎么办？"我说。

"你觉得是谋杀吗？"

"你看他昨晚的样子，他为了保护天眼，好像什么都敢干！"

"那么肯定是谋杀了！"

"那我们怎么办？"

"怎么办？"

"报告警察呗！发现了谋杀案，你总得做点什么吧？"

"他可以说成是修理。"

"不管他说成什么，谋杀总归是谋杀。"

"我的天，埃琳。让我们先把尸体找到，然后再说怎么办。"

我们来到码头上。昨晚挖过之后，潮水涨过又落过。木筏还待在泥地里。泥滩上挖的坑已经被填平。河对岸，一对早起跑步的人沿着自行车道急急忙忙地跑过去。一月

大声地笑。

"嗬！是鬼吧？"他说。

我们朝下看。一月一边嘟囔着，一边寻摸老鼠昨晚到底在哪儿挖过。

"咱们永远找不到那个坑的。"我说。

"放弃了？"他反问道。

"当然没有！"

我耸耸肩。

"会找到的，来吧。"

他扶着古老的梯子下去，我跟在后面。他领着我朝水的方向走去，走到了干地的边缘。我们的脚开始滑动，陷进软软的泥里。

"我估计大概在这里。"他说。

我盯着他看。

他大笑。

"快点儿，小帮手！"他说，"用铁锹开始挖吧！"

我们开始挖，铲起一锹又一锹油腻腻、脏兮兮、臭哄哄的泥和水。铁锹"噼里啪啦"地响着，不一会儿，我们全身都脏透了。我慢慢地走到坑里，站在里边挖，先是挖到脚腕子那么深，然后小腿那么深，然后膝盖那么深。我们在身边堆起了高高的泥堆。我们挖得越来越深。我望一月一眼，他喘着粗气，拼命地挖，自己好像变成了一个泥做的小黑人。太阳升起来了，早晨也变得温暖起来，油污和其他脏物的腐臭气味更浓了。我们恶心得要吐。我们把满嘴的污泥啐到地上。污泥进入我们的眼睛、耳朵和皮肤的细纹里。我问自己我正在做什么。我对自己说，老鼠搞错了，这里根本没有尸体，除了石头、破碎的陶器片还有其他一块一块的垃圾以外，什么也没有。我们把找到的没有用的东西扔得老远。我对自己说，我们应该回到办公室，设法带着天眼一起走掉。要不，就该去找警察，带他们过来，让他们把这里的谜解开。我们做任何事情都行，就是别在这肮脏的泥滩里挖那个我根本不想看到的尸体。但我还是不停地挖，不停地往地上啐。我挖得越来越深，挖得自己都烦了。我正要对一月说不想再挖了……突然，在黑

黑的泥里看见了手指尖！

我慌忙爬到坑外，顺着河的方向往上游望去，望着真实的世界，那远处桥上反射着点点阳光的车流和躁动的城市的房顶和塔尖。

"埃琳！"

我扭过头看他。

他爬出来，摇摇晃晃。

"埃琳？"

我点点头，不敢往下看。

"看见了！"我小声地说，"看见了！"

他跪在那里。

"在哪儿？"他问道。

"在那儿！就在那儿！"

他小心翼翼地走进坑里，用手将坑底的泥捧起来，低低地叫了一声。我知道他也看见了。

# 第二十四章　美丽的尸体

"不是真的!"他说。

"什么?"

"不是真的!像个模型或雕像什么的,像是用皮革或木头或别的什么东西做成的。不是尸体,不是真正的尸体!"

他从坑里爬出来,跪在一边。

"下去!"他说,"下去自己看看。"

我还是不敢往下看。

"快点,埃琳!"他催促道。

我深吸一口气,下到坑里。现在整个一只手裸露出来了。另一只手半埋在泥里,在阳光下还闪着光芒。我看见手指尖上的纹路,看见手掌上的掌纹。摸一下,确实感觉像一种皮革,不像有皮有肉有骨头的真人。手张开着停在那里,好像在等着一件礼物,等着别人把一件什么东西放上去。

"看见了吗?"一月问。

"看见了！"

我用自己的手顺着那只手往下挖，一会儿就露出了小臂，露出了胳膊肘，上面都覆盖着一层光滑、柔软、像皮革一样的皮肤。皮肤被太阳照得闪闪发亮。我凝视着它，发现它是那么美，像真人一样，但更像是真人的复制品，留在了这黑泥滩，等着像一月和我这样的人来发现。我把更多的泥掏走，露出了上臂、肩膀、前胸，接着是一副好看的胸腔骨，上面蒙着一层奇怪的皮。一月张大着嘴，呆呆地看着。

"爷爷的话是什么意思？"我扭过头来，小声地问，"他说这是一个圣徒，是什么意思？"

他的眼睛瞪得大大的，我觉得他也被泥滩里挖出的这个美丽的东西迷住了。

"不知道，埃琳。"

我把更多的泥推开。尸体上残留着一些衣服碎片，这些碎片一碰便化成更细的碎片，落进泥里。有一小块金属，像挂扣一类的东西。我用手捏住，举起来对着太阳看，然后递给一月。泥里还有一些小小的硬币。我捡起来，擦干净，递给一月。我在他的胸脯上又发现一个挂扣一类的东西，把它递给一月。

"这是什么？"他问，"我们发现的是什么，埃琳？"

我不停地把泥挖开。我停下，默默地祷告。我跟妈妈悄悄地说话，然后开始从尸体脸部所在的地方挖泥。

他的头部平躺在黑泥里，脸颊已经深凹下去，眼睛紧闭着；两片嘴唇安详地合在一起，形成一条直线；黑发蓬松地盖在额头上；脸部光滑，反射着阳光。他一动也不动，一动也不动，面朝着太阳，静静地躺在泥里，像是在等待，好像任何时候都可能轻轻地睁开眼睛注视我。我的手指在这美丽的脸上轻轻地滑动着。这时我知道这不是一个模型或雕像，这是一个死人，已经在黑泥滩里隐藏了很多年，他的尸体被泥和油污保存了下来。这是许多年前的一个健壮美丽的年轻男子。

我爬上来，凑近一月。

"这是一个男人。"我小声说，"他没有烂掉，就这么

简单。"

我们往下看。

"我们应该害怕的。"我说。

"我知道。"

"但他很好看，是不是？"

一月笑了，摇摇头。

"好看得要命，对吧？"

"我们怎么办？"

"天知道，埃琳！"

我们用手搓一搓那些挂扣、硬币，然后仔细地看。

"并不古老，"一月说，"也许一百年的样子吧。"

"不是被爷爷害死的！"

"不是被爷爷害死的！"

他盯着不停地流动的空荡荡的河水。

"很可能是河上运输繁忙的年代，"他说，"那时河上尽是船，码头和船厂里尽是干活的工人。也许他不小心掉到了河里，没有人注意到。"

"也许他们找了几个星期仍不见他的人影。他们一定以为他沉到了河底，或者被冲到了海里。"

一月盯着挂扣看。

"这是从工作服上掉下来的。"他说，"正是这样，这些挂扣是用来系工作服的。"

"一个工人！"我说。

"一个工人！"

我们望着岸边的空地，这里曾有过仓库和工厂。河对岸的空地已经被美化，植上了草皮。那边有散步的小径，有骑车的小道。河的上游方向，仍有一些废地，还有破败的码头，都等着被清除。在曾有过大吊车和装货场的地方，现在新建了酒吧和夜总会。在我们身后，是更多的废弃的工厂、印刷厂，都等着被拆掉、被清除。我们又往下看那个躺在泥中的年轻男子，他来自被冲刷得无影无踪的另一个时代。

"他可能有孩子，"我说，"他可能有太太。他的太太和孩子一定正在家里等着他，可他再也回不去了。"

"他是谁？"

"没办法知道。"

"是一个谜!"

"咱们应该怎么办?"

"可以扔下他不管,可以再把他盖起来,也可以把他挖出来。"

我们不再说话了,一起蹲下来,小心地往外挖他。我们慢慢地挖,轻轻地挖,把手轻轻地伸到他的身体下,让他一点一点地与泥滩脱离。我们欣喜地看到,他的皮靴子像他的身体一样保存得完好无损,仍穿在他的脚上。我们把他抬起来,连拖带拉地移到了干地上。本以为他的身体僵硬,样子会很难看,但在往上抬时,他的身体竟然能弯曲,他的关节依然柔软。我们把他放到木筏上,脸朝天,然后蹲在他身旁,用手不住地摸他,摸摸他的脸、他的眉毛,还把他的头发理整齐。我们从河里捧来了水,把他身上的泥冲洗掉。渐渐地,他越来越像真人,越来越好看!最后我们把他扶起来,架在我们两个中间,硬是沿着古老的梯子把他拖到了码头上。

# 第二十五章　圣　徒

我们把他拖到溪边洗干净，把自己身上的泥也洗掉。接着，又拖着他到了印刷厂。在办公室跟前，在展开翅膀的天使下面，我们在地板上清出来一小块地方，把他放在那里。我们把挖来的硬币和挂扣摆在他的脑袋边上，又用金属字母在他的身边摆出了他的名字：**圣徒**

正忙乎的时候，太阳不知不觉升高了，它透过破败的椽子和飘扬的灰尘，把光线洒在他身上。一只小鸟不知躲在什么地方，开始唱起来。那个人躺在那里，好像是在睡觉，好像任何时候都有可能睁开眼睛，伸一伸胳膊，伸一伸腿，坐起来，然后再次回到他在这个世界原有的位置上。

到了下午我们才回到办公室里边。天眼和老鼠仍在认真地看着天眼的那些宝物。爷爷坐在书桌旁，一页一页地翻着他的大本子。

"过来看！"我们说。

我们领着老鼠和天眼从古老的机器中间穿过，让他们看躺在地上的人。

"他是谁?"他们小声地问。

"一个谜!"我们说，"一个工人!"

他们瞪大了眼睛看，既感到害怕，又感到新奇。

这时爷爷过来了。他走得很慢，身上还挂着泥滩的脏泥巴。他慢慢地弯下腰，跪在地上，看着那死人。

"一件大喜事!"他说，"一件大喜事，小帮手! 你真的发现了一个圣徒!"

"圣徒?"老鼠不解地问。

"泥滩里有秘密，有宝物，有圣徒，都等着被发现呢。这些圣徒生活在很早很早以前，比爷爷还早，比天眼还早，比我们大家都早。"

他看着老鼠，伸出手摸一下他的脸颊。

"很早以前我就听说这些泥滩里有圣徒，等着人发现。但直到你来了，直到心地善良的老鼠来了，才找到一个圣徒。小帮手，我得谢谢你! 谢谢你在这么深的黑泥坑里找到了这个圣徒并带到我这里。"

　　他闭上了眼睛。也许他在祈祷。望着眼前奇怪的一圈儿人围着躺在破败的屋顶下面的一个死人，我的头一阵眩晕。我对自己说我这是在做梦，是处在幻觉之中。我轻轻地对自己说，这简直不可能。这时我又想起威尔逊·凯恩斯在我们逃跑之前说的话：有可能，有可能。我想起他目送我们走得很远，走向一个惊心动魄的地方。我想起他的最后一句话：你要一直看！我一直看着。这时从外边什么地方传来一阵巨大的轰鸣声和哐当声，像是一个巨大的机器开过来了。

　　爷爷侧身凑近天眼。

　　"我是一个好爷爷吗？"他小声地问。

　　天眼靠在他身上。

　　"你是好爷爷！"她说。

　　"你现在已经看到你的宝物了。"

　　"看到了，爷爷。"

　　"我藏了许多东西，没让你看。"

"对，爷爷，许多许多东西。"

"还有许多东西等着让你看呢。"

他转身看着我。

"你的朋友很明白。"他说。

"是的，"我说，"我很明白，爷爷。"

他叹口气，把头低下。

"天眼……"他小声说。

"你想说什么，爷爷？"

"把这些东西藏起来是不是犯了一个大错？"

"没错，爷爷！你是看门人，你只是想把一切都看好！"

他叹了口气。

"是呀，小乖乖。我是看门人，我只是想把一切都看好！"

他又深深地叹了口气。他看起来老了，很老。他看着我，看着一月，看着老鼠。

"天眼，他们是你的哥哥和姐姐吗？他们是回来和你在一起的哥哥和姐姐吗?"

天眼挨个儿小声地问:

"你愿意做我的哥哥吗,老鼠·格莱恩?"

"愿意!"老鼠说。

"你愿意做我的哥哥吗,一月·卡尔?"

"愿意!"一月说。

"太好了!"天眼说,"他们是我的姐姐和哥哥,又回来和我在一起了现在,爷爷!"

"很好!"他说,"真是好极了!"

他盯住我的眼睛。

"你现在愿意照看天眼吗?"

"愿意! 我们现在愿意照看天眼!"

"你会把她应该知道的事情告诉她吗?"

"会的!"

泪水从他的脸上流下,冲刷着他脸上的黑泥。

"有些事也是真的。"他说,"在有月光的夜晚,我发现你躺在黑泥滩那里,这件事是真的,我的小乖乖。我把你

带出来，照看你，这也是真的。"他垂下了眼睛，接着说，"我真的发现了你身上的小宝物，装在你口袋里的小宝物。我把它们藏起来了，我的小天眼。我以为这样会使你心里永远快活！"

"我一直很快活，爷爷，我真的很快活！"

他抚摸她的脸颊，又弯下身子，抚摸圣徒的脸颊。

他小声地说话，声音小得几乎听不见。

"我的小乖乖，也许现在时候到了，你该跨过这流动的河水，到鬼的世界里了。"

"啊，爷爷！"她叫道，"啊，我的好爷爷！"

他们紧紧地拥抱在一起。

我抬起头仔细听。不远处，哐当声和机器轰鸣声越来越大。

# 第二十六章　坏消息

　　我独自沿古老的小巷走过去。我走得离河越来越远，已经走过了印刷厂，穿过了仓库、棚子、厂房、办公楼的废墟。我翻过断墙，从摇摇欲坠的房顶下穿过去。我跨过地上的大裂缝和深坑，读着褪色的标牌，上面标着金属工、造船工、制绳工、制靴工、煤炭商、船上用品供应商、钉子、螺丝、电线制造商、茶叶进口商、香料进口商。老鼠在这里到处乱窜。癞皮狗在黑影里偷看。瘦得皮包骨头的猫龇着牙叫，背拱得高高的。鸽子拍动着翅膀，"咕咕"地叫着。乌鸦正在啄食死去的小动物。远处是城市无休止的低沉喧嚣，近处是机器的轰鸣和哐当声。我忽然看见了，看见一个巨大的老吊车从城市的边缘朝这个地方开来。我躲到一个门洞里，看着它开来。老吊车走得很慢，一副笨拙的样子。地面被它巨大的金属履带碾碎。吊车臂上悬挂着一个巨大的金属圆球。在离我五十码的地方，吊车一阵

"吱吱"地尖叫，停住了。一个穿着牛仔裤、T恤衫，戴红色安全帽的年轻人从驾驶室跳下来，跳到履带上。他点上一支烟，从口袋里掏出一张报纸，懒散地躺在阳光下等着。我看着，也等着。这时从城市的边缘又冒出一架老吊车，吼叫着朝我们慢慢开来。

我急忙回到印刷厂。在办公室里，爷爷穿着工作服，在大本子上飞快地记着什么。他嘴里咕哝着说到圣徒，说到老鼠在黑色的黑泥滩找到的大宝物。天眼和老鼠正在大口地吃着巧克力和饼干。一月跪在地上，面前放着一堆爷爷的笔记本，还有一小摞报纸，他正在往一个箱子里面装。那个箱子是从高高的架子上拿下来的。

"你刚才到哪儿去了？"他问。

"这里的一切都要被拆掉了。"我说。

我把看到的情况告诉了他，还说了我预料将发生的事。

"不可能是今天！"他说，"今天不可能动工！"

"今天不会，但明天会。"

我们望了一下天眼和爷爷。

"咱们怎么办？"他小声问道。

我摇摇头。我们分吃一包饼干，听着外面的动静，望着门口，猜想戴着硬邦邦安全帽的工人随时都可能进来，但他们没有进来。下午的时光慢慢地过去。

"天眼的哥哥和姐姐终于回来和她在一起了！"爷爷一边写，一边嘴里咕哝着，"他们将带着她跨过流动的河水，到鬼的世界。"他不停地写，不停地咕哝。不一会儿，他的手开始慢下来了。"爷爷照看的任务完成了。"他低声说，"爱。爷爷和天眼。爱，爱，爱……"

铅笔从他的手指中间滑下，落在本子上。

他俯视着天眼。

"可爱！"他低声说，"真是可爱！"

然后他闭上了眼睛，头跌到了本子上。

"爷爷！"天眼突然转身看他，"爷爷，我的爷爷！"

她一跃而起，冲了过去。

但爷爷不动。他一动也不动。

# 第二十七章　她悄悄地叫你

　　一切都要被拆掉：印刷厂，仓库，工厂，办公室，棚子。带着鹰和天使雕像的庞大印刷机将被送到一家博物馆里，瓦砾将被运走；地面将被挖开，然后用推土机挖地基；然后将会竖立起崭新的办公楼，还有酒吧、夜总会、餐馆；会有新植的草皮；小丘上会竖起小牌子，告诉人们以前这里曾是什么地方。这里将有自行车道和让人们散步的小路，还有一道道防波堤，一只只小帆船系在那里；太阳将会在这里普照大地，阳光下将闪耀着这个美丽的新地方；河水也会变成天蓝色的，泛起美丽的细浪；人们将会悠闲地走在宽敞的小路上。这一切我们都看到了，一月、老鼠和我，在那个傍晚的时刻。我们让天眼一个人留下，和爷爷在一起待一会儿。在吊车旁已经立起来的巨大广告牌上，我们看到了这一切。我们站在那里，陷入沉思。爷爷和他的死，还有圣徒，以及这个即将出现的新世界，一切是那么神秘，那么不可思议。

我们回来时，她正坐在地板上，旁边是她的宝物箱。她很平静，脸上带着微笑。

"他以前确实对我说过……"她说，"他以前确实对我说过，他会一动也不动有一天，我必须到河的那边。"

她握住我的手。

"你怎么知道应该这个时候来找我？"她问。

"我不知道为什么要这个时候来。"我说，"是一月先造了木筏，然后让我们来的。"

"一月·卡尔，"她说，"一月·卡尔，我的哥哥！"

我们不知道该把爷爷怎么办。他头枕在本子上。我们把他所有的铅笔摆在他旁边，把他的铁锹和水桶拾掇干净。夜幕落下之后，我们点上了蜡烛，放在他身旁。我们默默地祈祷，说他是一个好爷爷，说他是一个认真负责的爷爷。

我和天眼坐在一起，用胳膊搂住她。

"爷爷走了！"她说。

"是的，天眼。"

"他走了，但他会活在我心里，永远！"

"是这样，天眼。"

"我会为他流很多泪，但我也会在心里为他高兴。"

我们看着她的照片，看着她全家人。

"你得小声地喊'妈妈，妈妈！'"我对她说。

"为什么要这样？"她问。

"你只试一试，"我说，"妈妈，妈妈！"

她深吸一口气。

"妈妈！"她轻轻地说，"妈妈！妈妈！"

她咬住嘴唇。

"真觉得有点好笑从我嘴里说出来。"她说，"妈妈，妈妈！"

"你只管轻轻地叫，"我说，"只是试一试，安娜。"

她的妈妈在照片里对着我们笑。

"真是一个好妈妈！"天眼说。

"是啊！"我说。

"妈妈，妈妈！"

"尽量轻轻地叫。"我说。

"妈妈，妈妈!"

我感到她的精神正在放松，她正在被新的兴奋唤醒。

"我脑子里这种新的好笑的感觉到底是什么?"她问道。

"好笑的感觉?"

"是啊，当我轻轻地叫'妈妈，妈妈'的时候，就有这种感觉。"

我望着她，笑一笑。

"可能这是你妈妈在起作用。"我说，"可能她正在想方设法钻到你的心里，钻到你的脑子里。"

"哎呀，埃琳，她正悄悄地跟我说话呢。"

"她悄悄地叫你，'安娜，安娜!'"

"对，埃琳，她真的悄悄地叫我，'安娜，安娜!'就像我听到的那样在梦里。"

"但这次不是梦里的回忆。"

"对，不是梦里的回忆，埃琳。这次是醒着的时候想到的，这次一切都非常明亮，像白天一样。"

# 第二十八章　回　归

夜深深，夜沉沉。月光穿过破碎的椽子，倾泻到印刷厂屋里。谁也睡不着，大家的心在不安地颤抖，在现实、梦境和想象中间飘来飘去。一月和我嚼着饼干和巧克力，在地上来回走。我们说起木筏，说起明天。

"我们只能把爷爷和圣徒留在这里等着，"他说，"让工人来发现。"

"木筏装不下。"我说。

"木筏装不下。"

我们在挖出来的那个人身边摆上了蜡烛，与他坐在一起。

"他们看见以后会说什么？"我问。

一月笑了。

"会讲出各种各样的奇怪故事，对吧？"

"真恨不能马上听到这些故事。"我说。

我从地上捡起一些金属字母，拼出了一个名字：**天眼**

"这个故事，他们可是讲不出来的。"我说。

"这是咱们的故事。"一月说。

"说得对。连那些咱们还不知道和永远也不会知道的情节，都是咱们的。"

"真实的，梦里的，还有编出来的。"

我们大声地笑。

"不知道天眼会在她的履历本上写些什么。"一月说。

他给我讲了报纸的事。

"他们的名字全登在上面。"他说，"母亲，父亲，姐姐，两个哥哥。他们的小船被冲到了岸上。没有发现任何尸体。全家人都在大海中消失了。"

"安娜除外。"

"安娜除外。"

"她被潮水裹着带到了河里，冲到了黑泥滩上，让爷爷发现了。"

"咱们以后告诉她这个故事。"

"但要慢慢地说。"

"对，要很慢很慢地说。"

我们的心在漂动，不停地漂动。

我觉得是蜡烛刺眼，是蜡烛的光在他的身上跳动。我使劲闭了一下眼睛。我觉得是太疲劳了。我觉得是看见爷爷的死和过去几天发生的一连串事件而心理受了影响。我紧闭了一下眼睛，摇摇头。他开始轻轻地动，动作小得几乎看不见：他的手指轻轻地弯了一下，背轻轻地拱了一下。然后又是一片平静。一定是蜡烛的作用，一定是疲劳的结果。他又动了，两只手的手指都在弯曲，背轻轻地拱了一下。圣徒慢慢地把膝盖抬起来，又放下。

"一月！"我低声叫，"一月！"

"不可能！"他低声说。

"是真的！"我说。

他的样子真好看，他在地板上翻身坐起来，然后蹲在我们面前，身上映着烛光和月光。他没有一点声音，两眼依然闭着，嘴唇依然合在一起，成一条安详的直线。他站了起来。他看起来既轻灵，又优雅。他停住不动，好像在等待什么。

我们听见天眼在办公室里哭叫：

"爷爷！我的爷爷！"

从办公室出来的那个东西是什么？显然不是爷爷的尸体。爷爷的尸体仍停留在原地：趴在书桌上，枕着大本子。老鼠后来告诉我们，和爷爷一模一样的一个东西脱离了爷爷的身体，向门口走去。天眼说那是爷爷善良的化身，是爷爷的心。一月和我看到的东西和爷爷一个模样，一样高，但是模糊的、半透明的。它似乎是从地面上流过去，而不是走过去。圣徒等着，然后领着那个身形从印刷厂走进小巷里，朝着码头走去。我们在后面跟着。天眼握着我的手。我们来到了地面到处是裂缝的能俯视泥滩的地方。圣徒先走下去，接着是爷爷的身形。我们探出身子往下看。他们肩并肩地走过黑泥滩，步子不打滑，脚也不往下陷。他们来到了泥滩的边沿，那是水陆汇合的地方。他们从那里走进河里。借着月光，我们看见他们肩并肩地往下走，一直到河水盖过了他们，只剩下漩涡和冒着气泡的微波，只剩下朝着大海退去的潮水。

# 第二十九章　鬼的世界

天眼吻了一下爷爷的脸。她小声地说她爱他，他会活在她心里永远。她流下了眼泪。

"再见，爷爷！"她说，"再见，亲爱的爷爷！"一月、老鼠和我轻轻地摸他一下。我用手托住他的头，然后朝天眼示意。她帮我把本子从他的头底下抽出来。我们把这个本子与其他本子还有天眼的宝物一起包好，放进一个箱子里。我们装好了背包，然后穿过印刷厂，顺便捡起一些字母，放进口袋里。这些字母足够我们把名字和故事的名字拼出来的。我们吃着饼干和巧克力，穿过小巷，来到阳光耀眼的码头。坐在码头边沿上，我们看着潮水涌来，把黑色的黑泥滩一点点盖住。

远处过桥的车辆反射着点点阳光。骑自行车的人和散步的人在河对岸行走。海鸥凄厉地叫着。

"咱们什么事都能做得了，你知道的。"一月说，"什么地方都能去得了，不是非回去不可。"

我们闻见了远方大海的海腥味。远处的荒野在天空衬托下只显出一个黑黑的轮廓。天空湛蓝，无边无际。

"这个我知道。"我说。

"也许咱们应该先把天眼安置好，然后就可以再走掉。"

我们大笑。

"下次咱们步行吧！"我说。

"好，下次步行。"

老鼠让吱吱叫在他手指中间翻来滚去。

"我可以来吗？"他小声地说。

"不行！"一月厉声说，接着又大笑起来，"可以，"他说，"没有小帮手，我们怎么行呢？"

河水触到了木筏，将它托起来。

"我害怕！"天眼说。

"我也害怕！"我说，"我们经常害怕，不过还是挺勇敢的。"

"真的很勇敢！"她说。

"对，真的很勇敢！"

我们从码头上下去，把背包和宝物都带下去，放到木筏中间，把用新木头劈成的桨也带下去。身后是机器的轰鸣和哐当声。小巷里，戴着鲜亮安全帽的工人走动着，可以听见他们的喊声。一月拉着绳子，让我们跨过流动的河水往木筏上跳。然后他解开绳子，自己也跳上来。在潮水的帮助下，我们离开了泥滩，使劲划桨，逆流而上。

河对岸的小路上有骑自行车的人，有散步的人。他们没有看见我们，也不朝这边扭头。

"这样的天去划桨，真棒！"一月高喊。

"白喊了……"他说。那些人照旧走路，什么也没听见。

"也许他们看不见我们。"我说。

"看不见？"

我想起威尔逊·凯恩斯说过的话：你得一直看，紧盯着看。要不然你看不到。

"也许他们只是看得不够仔细。"

"喂！"他挥动胳膊大喊，"喂，你们瞧！这样的天去划桨真棒啊！"

但他们照旧跑步，踩自行车。

我们把泥滩码头抛在了后面。我们经过了城市边缘其他被遗弃的码头、拆房工地、建筑工地，经过了画着美好前景的巨大广告牌。木筏遇到了漩涡和急流，又是倾斜，又是摇摆。黝黑的河水泼到了门板上，把我们浑身浇透。天眼用带蹼的手指紧紧抓着我。在经过诺顿一带的酒吧、夜总会、餐馆时，她惊讶得张大了嘴。这时，岸上的人开始看我们了，好像这会儿我们才回到人们的视野里。有的是夫妇，手拉着手；有的是一家人，有成群的男孩和成群的女孩。天眼不停地把头低下来，往我身后躲。

"他们都是鬼！"她说，"他们都是鬼！"

潮水已经到了尽头，河水慢慢地流动。我们从凌空架起的美丽铁桥下穿过去，过了铁桥，便看见高高的办公楼群，古老的城堡，尖顶大教堂，鳞次栉比的楼房，新的和旧的，石头的和木头的，水泥的和玻璃的，一起迎面压来。

城市到处在吼叫，在轰鸣，像一头巨兽。

天眼不住地用手捂着耳朵，捂着眼睛，又不住地把手拿开，看一看，听一听。

"害怕吗?"我小声问。

"害怕!"她说。

但她的眼睛睁得更大了，充满了惊奇。她开始抬起头，把身子往后仰，好奇地看着大桥，看着天空，看着世界。她一直喘着粗气，不停地咕哝着：

"真好看! 真好看，埃琳! 真好看，真好看，真好看!"

# 第三部
# 带天眼回家

埃琳和伙伴们带着天眼一起回家。下一次，他们四个人可以一起跑。回到白门后，他们都知道了自己的故事，这些故事汇集在一起，还会继续发展下去。

# 第一章　放它走吧！

我们划过了漩涡和急流，避开了漂浮的垃圾。我们回到了开始的地方。太阳照在我们身上。下面是幽深的河床，头顶是无尽的蓝天，河水夹在中间，载着我们行走。它载着我们的故事与我们一起回家。它载着我们的妹妹和我们一起回家。天眼，天眼，这个差一点在海里淹死的小姑娘，这个从泥堆里救出来的小姑娘，这个像鱼像青蛙、瞪着大眼睛微笑、视万物皆似天堂一般美丽的小姑娘，她紧紧地抓住我的手。"埃琳，"她说，"埃琳，我的好朋友，你会照看我吧？"我对着她微笑，微笑。在靠近码头时，木筏开始摇晃、打转。我们又被浇了一身黑黑的河水。靠近岸边的时候，我的眼睛紧盯着她。在我们伸出手抓住岸边的木头、把自己重新拉回到陆地的时候，我的眼睛还是紧盯住她。她没有动，没有化为一股烟，没有消失。她依然用带蹼的手指紧紧地抓着我。她的晶莹透亮的眼睛依然对着我

微笑。一月用绳子把木筏系在岸上，老鼠第一个爬上去，接着是我。我一只脚踏着木筏，一只脚踩着岸上的木头。一月把背包和天眼的宝物箱递过来，我又递给老鼠，一直把木筏上的东西都卸完。一月一只脚踏在木筏上，另一只脚踩在木头上，使劲拉住绳子，等着天眼跨过去。

她抬头看着我。没有人说话。我们等着，看着。木筏在摇晃，还发出"吱吱"的响声。我的头开始发晕。我看见天眼被水吓住了，不敢往前跨。我看见波浪起来了，把她从木筏上卷走，冲回到大海里。这是梦，是幻觉。当我从幻觉中醒来时，看见天眼蹲在门板上，在镀金的字上，在一月写的那句咒语上。她咬着嘴唇，不停地哆嗦。她闭上了眼睛，水溅到了她的膝盖上。

"快点！"我说。

"快点！"老鼠说。

"勇敢点，天眼！"我说。

"真的勇敢一点！"一月说。

微笑又回到了她脸上、嘴唇上。她再次睁开眼睛，伸出手，抓住我的手，从木筏上跳过来，和我一起往上爬。

"嘀——"她长吐了一口气。

我们在古老的码头上休息。一月大声地笑，他将身子探出码头边沿，解开绳子，把绳子一头紧紧地攥住，不让木筏摇晃。

"真是天大的玩笑。"他说，"这木筏本来是要把咱们带到遥远的地方的，可转来转去还是在人们的眼皮子底下。"

确实是这样。几天来，我们距出发的地方一直这么近。我们能看见黑泥滩码头破败的屋顶上方的吊车臂。也许那些带着安全帽的工人正在印刷厂里走动呢。也许此时此刻，他们正打开办公室的门，发现爷爷在那里。也许他们已经在纳闷、在嘀咕，已经开始讲述各种各样的故事。

木筏正跟一月较着劲，它想挣脱开。

"放它走吧！"我说。

"就这么放它走？"一月不解地问。

想到这个，他的眼睛睁得大大的。

"就这么一松手？"他接着问道。

"对,就这么一松手!"

他又拉一下绳子,咧着嘴笑。

"那么别人会发现它,对吧? 然后自个儿划着它去冒险。"

"没错!"我说,"放它走吧!"

他把绳子递给我。

"拉住!"他说。

他爬下去,蹲在木筏上,掏出小刀,开始在清漆上刻字。

"你干什么?"我大声喊。

"要是有人用这个东西,他们需要事先作好准备。"他说,"这是注意事项。"他一边刻字,一边大声念出来。"你必须带上刀子、手电筒、吃的、换洗衣服,你必须勇敢、有力量,你……"

他转过身,看着我。

"你不能自个儿去!"我大声喊。他赶紧刻上这几个字。

他又转身。

"你必须带上一个真正的朋友！"我大声喊。他又把这几个字刻上。

"还有什么？"他问道。

我低头看着他。木筏使劲拉我的手，它想挣脱开。

"一个能够托付性命的人！"我说，"一个能够相伴到死的人！"

他笑了，把这最后两句话深深地刻进木头里。

然后他爬上来，把我手中的绳子接过去。

"好了！"他说，一松手，把木筏放走了。

木筏旋转着漂到了河中间，在那里犹豫了一下，轻轻摇摆着，然后让河水给带走了。我们望着它离去，越来越小，越来越小。我们依稀望见那门板上的红漆咒语，但很快木筏从视野中消失了。我们继续朝远处望去，在心里看见那木筏经过乌斯波恩小溪，经过黑泥滩，走过河的巨大弯道，一直漂到远方明亮的大海里。

# 第二章　回到白门

我们走得很快，穿过废墟，翻过围墙，越过成堆的瓦砾，绕过还冒着白烟的篝火余烬。我已经在想着下一次逃跑了。下一次，我们四个人一起跑。我们去隐藏的、秘密的、常人不许去的地方。用不着走很远。走几步路的地方，一河之隔的地方，便可能发现最为奇妙的东西。在这个平凡的世界上存在着最不平凡的东西，只是等着我们去发现。我紧紧地拉着天眼。海鸥展开了翅膀，在我们头顶上盘旋。它们飞入我们心里，凄厉地呼唤着自由。我们沿着山坡往上走，离河越来越远。我们走过了那片废地，那里的所有老房子都已经被拆掉。这是老鼠原先从事挖掘工作的地方，他在这里练就了手艺，然后才在黑色的黑泥滩有了伟大的发现。我们进入了圣加布里埃尔小区，经过了妈妈和我曾住过的房子。正是在这里，我在她肚子里生长，后来诞生在小小的乐园。这里有过一个从"乐施会"买来的小床，墙上贴过仙女画片。小园子里有各色鲜花和肥嫩的醋栗。这里曾洋溢着爱和幸福。这爱和幸福依然存在，而且将永远存在下去。在我内心深处，妈妈松了一口气，她轻轻地叫着我的名字，她兴奋得有些发抖。我们急急地往前走，进了小区。砖墙，细卵石混凝土墙，红瓦房顶，路灯杆子，街名，路标，四四方方的小园子。阳光在窗户上闪耀，把人行道照得发白，在黑色的路面上闪烁。路面仿佛成了黑色发光的液体，黑色的液体领着我们走向白门。

"我们要去的是那个地方，"我告诉天眼，"那个三层楼房，四周有铁栅栏，窗户上还有人张望。"

威尔逊·凯恩斯在窗户前张望，好像自从我们离开以后，他就一直站在那里。瘦子斯图在院子里，嘴上叼着一截香烟，肋骨让太阳晒着，和我们走的时候完全一样。

"喂，嗯？"我们跨进大铁门时，他说。

"嗯。"我们回答。

"野餐不错吧？"

"很棒，斯图。"我们说。

"你们带进来的这个人是谁?"

"天眼。"我说,"一个妹妹。"

"噢,嗯?"

他往地上啐了一口痰,还不停地咳嗽。他把烟蒂踩在脚底下,然后抬头望天。

我们走进了白门。莫莉恩站在台阶上,看见我们后大惊失色,禁不住用手捂住嘴。

"埃琳!"她叫道,"一月!肖恩!我们一直很着急。"

芬格斯·怀亚特和马克西·罗斯站在台球室门口看着我们。芬格斯咧着嘴朝我们笑,高兴地挥着双手。

莫莉恩从台阶上走下来,伸出手。我往后退了一步。她拥抱了老鼠。她拥抱老鼠的时候望着我。

"真是为你们着急!"她说,"你们想不到这一点吗?"

"能想到。"

"但想得不够。"

"出什么事都有可能,什么事都有可能。要是那样,我们怎么办?"

"不知道。"

她放开老鼠，盯着我们。

"这是谁?"

"这是我们带回来的。她没有亲人，没有家。"

她打量天眼。

"你叫什么?"

"说吧!"我轻声说。

天眼把脸对着我的胳膊，偷看着莫莉恩。

"我叫天眼，也叫安娜。"

"你的母亲、父亲呢，安娜?"

天眼惊慌地大口吸气，她咬着嘴唇。

"说吧!"我说。

"他们在我的梦里，在我的宝物里。我想起他们时，他们明亮得像是白天。"

莫莉恩看我一下。

"你一直住在哪里，安娜?"

"在流动的水那边，和爷爷住在一起。"

"你爷爷现在在哪儿？"

天眼憋住眼泪，不让它流下，她无法回答。

莫莉恩走到我跟前。

"她是谁？"

"我们不知道。"

她拿起我的手。

"我做梦都想到会发生这种可怕的事，埃琳。你为什么觉得必须逃走呢？"

我看着她的眼睛，看出她渴望得到回答。她渴望着拥抱我，像欢迎女儿回来那样。

"我想弄明白。"她说。

"我们逃跑是为了自由！"我说，"只是为了自由！"

我扭身走开，把她晾在那里。

# 第三章　以后再讲

我们走进台球室，芬格斯拥抱了我，急促不清地叫着我们每个人的名字。她说她急死了，总担心我们沉到了河底，或者沉到了海底。

"说法可多了，"她说，"谣传也不少！你们真的是乘木筏走的吗？"

"是呀！"我们齐声说。

芬格斯咬着嘴唇。马克西兴奋无比地看着我们。其他人也围上来，咯咯地笑。胖子凯弗站在一个角落里，一边挠着肚皮，一边看着。

"我知道，"芬格斯说，"我老是梦见你们。每天夜里我都看见你们往河的下游漂流。我看见你们已经到了海上，已经走得很远很远了。"

她不停地笑，拥抱我们。

"到底是什么感觉？"她一个劲儿地问，"到底是什么

感觉?"

她说完停住，盯着天眼，想弄明白是怎么回事。

"妙极了!"我说，"最能让你兴奋的，你从来没有经历过的。"

"我知道，"她说，"我知道。马克西，我跟你说过，是不是?"

"她说过。"马克西说，"木筏，河，大海。"

"你们走了有多远?"芬格斯说。

我们犹豫了。把实话告诉她好像太平淡了：河那边，上了黑泥滩，又上了黑泥滩码头，进了印刷厂，然后就回来了。

我抓住她的胳膊，抓得紧紧的。

"到了另一个世界!"我小声说。

她倒吸一口凉气。

"不可能!"

"真的。我们只到了河对岸，但实际上真像到了另一个世界。"

胖子凯弗咂了一下舌头，吃吃地笑。

我用胳膊搂住天眼，把她紧紧拉在身边。

"这是和我们一起回来的朋友。她叫天眼，也叫安娜。她是来和我们一起住的。天眼，这是芬格斯，这是马克西，他们都是你的朋友。"

她害羞地把眼睛抬起来，害羞地笑笑，害羞地把一只手举起来。从窗户外射进来的阳光把她手上的蹼照得晶莹透明，十分好看。芬格斯伸出手，握住她的手。

"你很漂亮！"她说。

"你也很漂亮！"天眼说。

她摸一下芬格斯脖子上的烫伤和烧伤印记。

"你受过伤，"她说，"但你很漂亮！"

她胆子稍大了一些，朝屋里扫视了一遍。

"啊，埃琳，我的姐姐。"她说，"啊，埃琳·劳，我的姐姐。"

这时她看见了威尔逊·凯恩斯。他坐在一个桌子跟前，面对着墙，身边摆着一碗泥和一碗水。他手里有一个用泥捏的小孩儿。他把小泥人放到桌上。我把天眼领过去。

"这是威尔逊·凯恩斯。"我说。

我摸一下他的脑袋。

"你好，威尔逊!"我说，"我们又回来了，我说话算数吧?"

他转过身来，透过厚厚的眼镜片盯着天眼的眼睛，看得很专注，似乎要看透她的内心，似乎要看到她藏在遥远的内心深处的惊人的东西。

"我们一直看,"我说，"看到了最奇妙的东西，威尔逊。我们发现了天眼妹妹，把她带回来了。"

"你还会走吗?"他问。

"会的，我们还会走，走了还会回来。你也可以走。你可以和我们一起走。"

他吸了一下鼻子，望一眼自己肥胖的身躯，脸上露出了微笑。

"我?"他反问道。

我咧嘴笑一笑。我知道他是对的。我们到处疯跑或乘木筏漂流的时候，他找到了自己的自由——在凝视的眼光里，在思考和梦境里，在摆弄泥块的过程中。

天眼弯腰摸一下小泥人。

"这是你找到的小人儿吗在这泥里和水里？"她说。

"是。"威尔逊说。

"好看！"她说。

"是好看！"

"你也找到了她的姐姐和哥哥了吗在水里和泥里？"

"找到了！"威尔逊说。

他让她看今天做成的另外一些泥人儿：婴儿和少年，男孩和女孩，有一些泥人儿已经干了，有一些仍然又软又湿。

她用手去摸那湿湿的泥人儿，用指尖轻轻地摁。泥水开始顺着她的手指往下流。

"这些泥人儿和我一样。"她说，"我爷爷就是在黑黑的水里和黑黑的泥里发现天眼的。"

威尔逊用他短胖的手摸天眼的手，摸那丝绸一般的蹼。

"从水里和泥里捞出来的东西有的会走会动，和我们一样。"她说。

"我知道。"威尔逊说。

"我们看见过这种东西。我姐姐埃琳·劳和我哥哥一月·卡尔和老鼠·格莱恩都见过。"

"我知道。"威尔逊说。

她和威尔逊站在一起，用手拿起一个圆圆的泥团，又是挤，又是捏，又是笑，任凭泥水顺着胳膊往下流。威尔逊和她一起捏泥人儿。很快，泥变成了更多的泥人儿。天眼开始轻轻地哼歌。我们悄悄地离开他们俩。我们聚在台球室桌旁，向芬格斯、马克西和其他人讲述着我们的冒险经历。胖子凯弗挺着肚子晃出去了。我们看见莫莉恩站在办公室窗户后面看着。我们照旧往下讲，先讲了所有可以相信的部分，不可相信的部分要留到以后再讲：爷爷的死，圣徒，天眼的全部秘密。我们走到窗前，指着圣加布里埃尔小区以外过了桥的地方，那个隐藏着黑泥滩码头的地方。

"就在那块儿。再往下，就到了河的大弯道那里了。"

"是在哪儿？"马克西问。

"是在哪儿？"其他人也问。

"岸上尽是泥的地方。"一月说,"黑泥滩那个地方。那里有旧仓库,旧工厂,还有一个很大的印刷厂。那是一个死掉的地方,没有人去。"

"直到不久以前。"我说。

"对,直到不久以前。"一月说,"现在他们正在铲平那个地方,要盖餐馆,盖各种各样的房子,像在其他地方一样。"

他们皱起了眉头,直耸肩膀。

"是啊,"我说,"我们原来也不知道有这么一个地方,但确实是有这么一个地方,一个很好玩的地方。"我大笑,"现在他们却要把这个地方拆掉了。"

我们一起朝窗外的小区望去,望着阳光灿烂的下午。看到我们经历了这么多之后又返回到这个普通的世界,而在黑泥滩发现的女孩儿又在身边哼着唱着,大家都感到喜悦。

"还有故事吧?"芬格斯问,"有没有?"

"有!"我说,"还多着呢,以后会告诉你们。"

# 第四章　帮　助

"安娜姓什么?" 莫莉恩问。

"我们不知道。"

"她和爷爷住在一起?"

"对。"

"他爷爷叫什么?"

"我们不知道。"

"他死了?"

"死了。"

"是在河边的一个旧房子里?"

"印刷厂。"

"别的你什么也不知道?"

我耸耸肩,站在那里,面对着她。她刚才把我从台球室叫出来,来到她的办公室。

"请帮帮我!" 她说。

"我正在帮你呢！"

"那么把更多的事情告诉我。你还知道什么？"

"还知道一些。但这些事情是属于她的。她也许不愿意让你知道。"

"哎呀，埃琳。"

"哎呀埃琳什么？"

"我是在帮助她，就像在帮助你们大家一样。"

"帮助？"

"你从来没想要帮助，是不是？你总以为你很能干，不需要帮助。可是，我们大家都需要帮助，埃琳。人人都需要！"

我眼睛瞪得大大的。

"你比任何人都更需要帮助，是吧？"我说。

她身子缩了一下，但眼睛依然盯着我。

"也许是吧。"她说。

我真想一转身，从这里冲出去，回到一月和天眼还有其他孩子身边。但我没有。

"你……"我说。

"我什么？"

"你、你就是那个觉得我母亲不好的人。你就是那个以为你能做得更好的人……"我停下来，我们两人徒劳地对视着，"你就是那个以为我可以做你女儿的人。"

"这只是梦想罢了！"她小声地说，"你难道没有过这样的时候：看见一个人，然后想那个人可以做你的父亲、你的姐姐、你的哥哥……"

我咂一下舌头。

"没有！"我往地上啐一口。

"但兴许你以后会呢，长大了以后。"

"不会，我不会！"

我浑身发抖，握紧了拳头，想冲出去，但动不了。

"对，"我说，"我会的，我当然会的！"

她隔着桌子向我伸过手来，但我后退了一步。

我哭了，坐到她对面的椅子上。

"你是一个勇敢坚强的孩子。"她温和地说，"我知道你母亲一定是很了不起的。"

"她是了不起!"

她又把手伸过来,我又往后退缩。

"从前,"她说,"我梦想着生好多孩子,但结果没有如愿。也许正是由于这个原因我才来到这样的地方工作。"

"但你很冷漠!"我说,"你有时好像恨我们!"

"让人失望的事太多了,埃琳。你们中的有些人被毁得太厉害了。"她叹口气,眼睛变得忧郁起来,"有些孩子干脆拒不接受帮助,干脆跑掉。"

我感到心中的怒火又往上冒。

"你是说,像我这样的孩子!"

"哎呀,埃琳,咱们别吵架了。"

我揉一揉眼睛,听到台球室里其他的孩子们在笑。我的脑子里晃悠着木筏,涌着河里的波浪。

"我们可以一起使劲呀!"莫莉恩说。

"使什么劲?"

"我们可以一起调查天眼的来历,一起研究怎样照看

她。我知道你很爱她，埃琳……就像她是你的妹妹似的。"

我知道这些根本没用。一起谈心、提问题、提建议、搞调查，都没用。最好还是跟她一起跑到荒野，在那里生活，在那里疯跑，像流浪者一样。最好是另造一个木筏，再次朝大海漂流。照看像天眼、像我自己、像一月·卡尔、像老鼠·格莱恩这样的孩子，一定还有别的办法。

"她遭过难。"我说，"可是你看她现在多快活！"

"是啊！"

"但你不理解为什么！"

她的目光与我的目光相遇。

"我是不理解，但我是可以慢慢理解的。"

她隔着桌子把手伸过来。我让她的手落在我手上。

"我们可以一起使劲！"她说。

我没有回答。

"我得写几个报告，必须有人来把这件事调查一下。"

"当然得调查了。"我说，"你根本不知道怎样单纯地爱她，不打扰她，让她仍然保持天眼的样子，让她的故事慢慢地自然流出来。"

"我可以试试！"她说着，紧紧握住我的手。但我把手抽出来，转身走了。

# 第五章　泥孩儿

　　我和一月抬着天眼的箱子上了楼。我们把箱子放在我房间衣柜的上面。天色已暗，黑夜即将来临。我们站在打开的窗户前。一月沉默不语，不知是陷入在沉思里，还是在梦境里。我把手放在他肩上，朝他一笑。

　　"别以为咱们会在这里待很久。"我说，"咱们得保护天眼，不能让他们的魔爪碰她，对不对？"

　　他待着不动，也不说话。

　　"怎么了？"我问。

　　他眨巴一下眼睛，摇摇头，好像站在一千里以外说话。

　　"不知道。没什么。"

　　我拧一下他的胳膊。

　　"一月？"

　　"你有没有过这样的时候，觉得自己总是长不大？"他说，"就好像你不管已经有多大，仍然是一个小孩子，是一个婴儿？"

"有过。"

"你会很害怕？"他说，"怕得要死？"

"对，怕得要死！你这么小，世界这么大，你就像是最小的一个婴儿。你是孤零零的一个人，你不知道你会成什么样，也不知道谁来照看你。"

"对！对！"

我们站在那里。我拉住他的手，靠在他的身上。一月·卡尔，我的朋友。一月·卡尔，这个造了木筏让我们一起漂流的高高的、坚强的男孩子。一月·卡尔，这个在下着大雪的冬夜被装在纸盒子里送走的小小婴儿。我感觉到他浑身在发抖。

"怎么了？"我问。

"好像要出什么事。"他说，"好像什么东西要来，会……"

"会怎么样？"

"不知道。"他咬着嘴唇说，"我害怕，埃琳，怕得

要死。"

"我和你在一起!"我说。

"我知道。我知道你爱我!"

"你也知道你爱我!"

我们站在那里,拉着手。我看见他背后的窗户上落了一只小鸟。小鸟站在窗台上停了一秒钟,然后快速地拍动着翅膀在屋子里飞舞。

"小鸟!"他说,"瞧,一只小鸟!"

它在我们头顶上盘旋。这是一只黑色的小鸟,也许正是我和妈妈一起见过的那只小鸟。一月转动着脑袋,目光跟着小鸟,眼睛瞪得很大。

"小鸟,埃琳!"

小鸟飞回到窗台上,停了一小会儿,突然直直地飞入傍晚的天空里。我们看着它消失在寂静的小区上空。

"生命鸟!"我对他说。

"生命鸟?"

"它以前来过,飞进来,又飞出去。它拍动着翅膀绕我们飞了几秒钟。"

"它还会来吗?"

"会的。可能还会来。"

我们相互拉着手，咧着嘴笑，我们的心在颤动，惊异于一起经历的一切一切。

"咱们下去吧。"我说。

"好吧。"他说，但他显得犹豫不决。他屏住气，闭上眼。我感到他的灵魂又进入深深的静默中。他摇摇头，睁开眼，看着我，好像站在一千里以外。

"我的天，埃琳!"他小声地说。

"到底怎么了，一月?"

"不知道，埃琳，不知道。"

我们走过楼梯平台，下了楼，来到台球室。威尔逊和天眼仍然脸对着墙在捏泥人儿。他们靠在一起，一个是瘦瘦的小女孩儿，一个是胖大的男孩子。泥水顺着他们的手指往下流。夕阳从外边斜射进来。打台球的几个孩子躬着身子，笼罩在亮闪闪的飞尘里，看不清楚脸。在靠近天眼

和威尔逊时，我能听见他们俩呼吸的声音，像是在唱歌，唱着一支低低的、甜美的歌。他们的头略微前倾，精神完全集中在泥上，集中在将泥块揉搓光滑、拉成长条、捏成人形的灵巧手指上。一月在我身后，他与马克西一起站在台球桌旁。一只鸟在水泥地院子里欢唱。远处的城市传来喧闹声。此时，我感到河正在我心里流过，感到又深又黑的河水在旋转、在冲击，感到那潮水缓慢、悠长而巨大的力量。我走到他俩跟前时，天眼咯咯地笑，威尔逊也快活地松口气。我低头看见了他们手中的小泥人儿。这是一个湿乎乎、歪歪扭扭的小孩儿。有胳膊，有腿，还有光亮的身子。它在抖动，它的胳膊和腿在轻轻地抽搐。威尔逊小心地把它从手掌上松开，用指尖捏着举起来。泥人儿的身子马上弯曲了，脑袋向后仰去，胳膊轻轻地举起来，一只腿向前伸出。天眼笑了。威尔逊松了一口气。把小泥人儿粘在手指上的是一层泥浆，就像黑泥滩边儿上的那种粘东西。在那个泥与水混合交融的地方，能够发现天眼、圣徒这样最神奇的生灵。小泥人儿不动了，威尔逊把它放在没用过的湿泥饼上。

我从他身边伸过手去，摸摸那个又凉又湿的泥孩儿。

我摸着这个用泥和水、和爱、和希望捏出来的泥孩儿。

"看见了吧?"他问。

"看见了! 看见了!"

# 第六章　讲故事

"我想让她今晚在我房间里睡。"我说。

她只是耸耸肩。

"我把毯子、枕头还有其他东西铺在地板上。"

她只是耸耸肩。

"随便吧！"她说。

她把目光移开。

"也许是我一直不对。"她说。

"什么？"

"也许我永远不可能懂得你们，永远不可能理解你们。"

我朝地上看着，耸耸肩。

"也许我该离开这个地方了！"她说。

"也许吧！"

她屏住呼吸，我能听出这么简单的一句话一定给她带来了不少痛苦。

"可是，我一直想方设法爱你们！"她说，"也许方法有时不对……"

我看出她需要安慰，但我又一次只是耸耸肩。

"天眼这样安排，可以吧？"我问。

"随便吧！"

我们找了几张毯子、几个枕头，铺在我床边的地上。我们靠着墙，坐在窗户下。夜晚的凉气轻轻地飘进来，月光照在我们身上。我们手拉着手，在记忆和梦境里漂流。她凝视着她亲人的面孔。我打开了自己的宝物盒子，涂上了唇膏，抹上了指甲油，洒了香水。我凝视着我妈妈肚子里的那个像鱼像青蛙的东西。"妈妈！"我们一起轻轻地叫，"妈妈，妈妈！"我们笑了，因为妈妈也在呼喊我们的名字，在轻轻地抚摸我们，把我们抱进怀里。我们从白门的小房间里漂走了。我漂到了开满鲜花、结满了肥嫩醋栗的小园子里。天眼在哪里？在沙发上，坐在她妈妈的腿上。也许在一只小帆船上，一只在太阳下摇摇摆摆的小帆船上。我们漂呀，漂呀，漂呀。一月把我们的漂流打断了。他轻

轻地推开门，来到我们跟前。他蹲在我们面前，月光只照出他一半的脸。

"安静不下来！"他说，"睡不着。"

"一月·卡尔……"天眼叫道。

"什么事？"

她使劲按一下我的手。

"把我的故事告诉我。"

我们打开一个箱子，一月拿出一张报纸。

"说什么这上面？"她问。

我叹口气。总有一天，我们得把知道的每一件事情都告诉她。我们将慢慢地往那些故事上引她，慢慢地。

"你的名字是安娜·梅。"一月说。

"安娜·梅？"

"对，安娜·梅。"

"安娜·梅。安娜·梅是好听的名字吗？"

"好听！"我告诉她，"这是好听的名字。"

"我还知道其他事情。"一月说，"我们会慢慢地讲给你听。"

"好！"天眼说，"很慢很慢地讲给我。"

她用嘴唇、舌头、喉咙慢慢地念叨自己的名字。

"安娜·梅，安娜·梅，安娜·梅……"

"梅也是五月的意思，是一年里的一个月。"我说，"在这个月份，世界变得更有力量，更明亮。"

"安娜·梅，"她说，"安娜·梅，安娜·梅。"她笑了，"感觉真怪从我嘴里说出来。"

外边，河对岸，城市轻轻地喧闹着。我们听见头顶上有脚步声，楼梯上有脚步声，房间外面有脚步声。门上响了一声，老鼠羞怯地闪进来。

"睡不着！"他说。

我们大笑，他在我们旁边坐下，吱吱叫在他张开的手上跑来跑去。

"吱——吱——"

"你们又要走了？"老鼠问。

"再过一段时间。"我说。

"别忘了告诉我一声。"

"别担心，老鼠。会让你知道的。你跟我们一起走。"

我们坐在那里，满脑子是河水，是黑色的黑泥滩，是印刷厂，是一起走进河里的圣徒和爷爷。

"再讲一些，一月·卡尔。"天眼说。

"再讲一些？"

"更多的秘密故事，好哥哥一月·卡尔。"

"你母亲名叫艾丽森，你父亲名叫托马斯。"

"名字，"她说，"真好听的名字！"

我使劲按一下她的手。

"好听的名字！"我对她说。

"他们一动也不动吗？"她问。

一月叹口气。

"是，天眼。我们认为他们一动也不动了。"

泪水在她脸上流。

"一动也不动！"她说，"但在我心里他们真的动，真的笑，真的发抖！他们明亮得像白天一样！"

她把双手举起来，月光把她的手照得透亮，两只手很美。

"像鱼像青蛙，"她小声地说，"像鱼像青蛙的安娜。再讲一些，我的哥哥—月·卡尔。"

"你的姐姐名叫卡罗琳，你的哥哥一个叫安东尼，一个叫汤姆。"

更多的泪水在她脸上流淌，泪珠掉到了她腿上。我紧紧地搂住她。

"他们一动也不动了！"她说，"小天眼孤单单的，这世界真大真大真大呀！"

这些秘密进到了她心里，这些故事在她心里深深地扎根。我紧紧地搂住她。

"我是你姐姐。"我说，"这些人都是你的哥哥。我们爱你！我们爱你！"

她靠着我。

"别讲了，我的哥哥！"她说，"别再讲了！一直等到这个黑夜变成明亮的白天。"

# 第七章　一动也不动

我们睡着了，四个人坐在窗户底下，披着月光睡着了。仿佛在梦里，莫莉恩敲敲门，轻轻走进屋里。她站在门边，穿一件长长的蓝色睡衣，光着脚，脸像月亮一样白。

"对不起，"她说，"睡不着……"

我盯着她，一月盯着她。她犹豫地站在那里。

"我为你们四个人着急，"她说，"我……我以为你们又走掉了……"

她说话有些结巴，用手指轻轻地撩了一下眼睛，然后蹲在我们面前。她把手伸过来，握住天眼的手。别碰她！我真想叫出来。但我看见天眼的手也轻轻地握住莫莉恩的手。

"我们会去了解你的情况，"莫莉恩轻声说，"会去查失踪儿童的档案，会找到像你这样的孩子的记录的。"

她轻轻地摸着天眼手指间的蹼，呼吸开始不均匀。

"你知道你是谁吗?"她问。

"我的名字是安娜·梅。"

"安娜·梅?"

"安娜·梅。还有别的故事,会慢慢地讲出来,很慢很慢地讲出来。"

"我们知道另外一些故事。"一月说,"可这些故事只应该让天眼知道。也许有一天她会说给你听。好吗?"

他把脑袋歪向一边。

"好吗?"他问。

"好!"她说。

"快点!"我真想说,"走开,快点!"

她像听见了似的,温和地说:"埃琳,请不要。"

她待在那里,蹲在天眼面前,似乎想得到什么,似乎在等待什么。

天眼摸一摸莫莉恩的脸。

"你的小女孩儿呢?"她问。

莫莉恩睁大了眼睛。

·

"我的小女孩儿?"

"是呀。埃琳的妈妈有一个小女孩儿。天眼的妈妈有一个小女孩儿。莫莉恩肚子里的小女孩儿在哪儿呢现在?"

泪珠在莫莉恩的眼睛里滚动,映着月光。

"没有小女孩儿!"她说。

天眼琢磨着这句话的意思。

"那么莫莉恩是小女孩儿了。可是莫莉恩的妈妈在哪儿?"

泪珠滚落下来,亮闪闪的。

"没有妈妈!"莫莉恩说。

"一动也不动吗?"天眼说。

"一动也不动! 一动也不动!"

带蹼的手指抚摸着莫莉恩的脸颊,把泪水擦掉。我看一眼对面的一月。我们鄙夷地眨着眼睛,接着感到惊异。

"你很可爱!"天眼说,"你很可爱,莫莉恩!"

# 第八章　糟糕的梦

我们一会儿沉睡，一会儿进入梦境，漂移不定。我感觉到了像摇篮那样摇晃的河水，像玩具那样旋转的木筏。在睡得最深的时候，我沉到了泥滩的黑暗里，与妈妈和许多圣徒一起躺在那里。我和鱼群和青蛙一起戏水。我挥手，踢腿，听见妈妈对着我唱歌，感到她的手轻轻压在我身上。我与好奇的小鸟飞进房间又飞出去，一直飞进黑夜里，朝我的小巢飞去。我像天眼那样张开双手，将手上的蹼冲着太阳和月亮举起。我感到威尔逊·凯恩斯的手在扶着我，感到他呼的气吹在我的脸上，感到他催着我走，走到小桌的另一边，小桌的四周已经围满了好奇的孩子。我感到心在身体里跳，生命和爱的精灵在身体里颤抖。我听见有人轻轻地叫我的名字，"埃琳，埃琳，埃琳。"我睁开了眼睛。

"埃琳。"一月小声地叫。

"什么事?"

"没什么事。只是需要走一走。需要你跟我一起出来。"

"什么事呀，一月？"

"请跟我来吧，埃琳！"

我们离开了房间，踮着脚尖下了楼，走到楼外。刚到黎明时分，太阳在东方的天边烧成一个大火球。我们走过水泥地院子，穿过大铁门，走进小区。麻雀像箭一样从天空中飞过。飞翔的还有鸽子、乌鸦。海鸥在高空中盘旋，凄厉地尖叫。我们经过了那个小房子，那个荒凉的园子，还有抓痕累累的门，来到那片废地。最大的那座桥被太阳照得明亮刺眼。随着一天的开始，城市也响起了低沉的喧嚣。楼房的屋顶，尖塔，弯曲起伏的街道，让人一不小心便会摔倒的台阶和小巷，砖和钢铁和石头。起伏的城市风景线。东边远处的那一片荒野高高地隆起。天越来越亮，越来越亮。石油、海草、海、鱼、腐物、鲜花、尘土的气味。神秘的河就像一片明晃晃的金属卧在又深又暗的河床与辽阔无际的天空之间。河蠕动着穿过城市，漫过黑色的黑泥滩，然后匆匆地奔向大海。河水一路浏览着新建的酒吧、夜总会和办公楼，浏览着古旧的仓库、废弃的码头、巨大的吊车、各种建筑工地。神秘的河急匆匆地从现在和过去的时光里穿过，然后汹涌地奔向未来。我们坐在一堆碎砖瓦砾上，凝神望着眼前的一切。

"怎么了，一月？"我问。

"梦，只有梦。硬纸盒子、医院和下着大雪的夜晚。但这一次感觉比以前更强。"

他打了一个寒噤。

"可怕！"他说。

"可怕！"

有那么一会儿，我也被自己的可怕梦境吓得哆嗦。

"一月，"我说，"像咱们这样，是不是很糟糕？"

"不知道。"他说，"像别的任何人，又会怎么样？唉，有时候真糟糕！有时候简直是世界上最最糟糕的！"

"咱们走吧！"我说，"明天就走！不，今天就走！"

"嗯。"

"去哪儿？"

"荒野?"

"嗯，荒野。你想象一下，嗯?"

我们凝视着远处的荒野，梦想着已经到了那里，正大步地穿过灌木丛，轻捷地跳过小溪，躺在松软的绿草地上，听着野鸟的鸣叫，闻着泥炭的芳香。

"哇!"我说。

"哇!哇!"

我们咯咯地笑。

"一月，"我问，"你觉得咱们会老是逃跑，没完没了地逃跑吗?"

"不知道。也许，等咱们老的时候，等有了自己的孩子需要照看的时候，就不跑了。"

在一刹那间，我看见了我和一月在未来岁月里的模样，我们身边围着几个小孩子。只是一刹那，短暂的一瞥。我没有说出来，我猜想一月在心里可能也瞥见了。

"可能很糟糕，"我说，"但我照样喜欢。"

"喜欢什么?"

"喜欢活在这个世界上，喜欢我自己的样子，就像现在。"

他咧着嘴笑。

"真是舒服透顶了，对不对？"他说，"舒服透顶了！"

我们站起来，慢悠悠地穿过那片废地，往小区里走。太阳还在上升。一月抓住我的胳膊，让我停住。他转过身来，凝视着我们刚刚离开的地方。

"怎么了？"我问。

"不知道！没什么！"

我们往前走，他几步一回头。

"我们没有睡着吧？"他问。

"我们没有睡着。"

"可是我为什么总觉得在做梦，埃琳？"

# 第九章　可爱的妈妈

白门。大铁门，水泥地院子。威尔逊站在窗前眺望。他的目光仿佛绕过了我们，穿过了我们，看着一万里地以外的什么东西。我们朝大门走来，进了大门，像水一样流到房子门口。一月一直不停地回头。他回头张望，仿佛有什么东西跟着我们，循着我们的脚印在寻找我们。我们进入房子。深深的沉默。我们坐在台球室里，坐在威尔逊的身后。灰尘沸沸扬扬，从窗户射进来的阳光把灰尘照得闪闪发亮。一月变得死一样的沉寂。他握住我的手。

我盯着他的眼睛。

"怎么了？"

"和我待在一起！"他说，"和我待在一起，埃琳！"

这时楼上响起了脚步声，就在我们头顶上。我转身，看见天眼和老鼠一起下来了。天眼挥挥手，兴奋地望着我。老鼠伸一个懒腰，揉一揉眼睛。莫莉恩穿着睡衣、光着脚

跟在他们身后，她的头发散乱地披在肩上。老鼠和天眼走
到我们跟前，莫莉恩站在了靠门的地方。我们对视着。我
们的眼光里充满警惕、怀疑，但我知道我们之间的距离已
经开始缩短。我知道我们的故事已经开始改变。我松口气，
想起了妈妈，感到她在微笑。

"一月·卡尔，"天眼说，"我的哥哥，你在想什么呢？"

他凝视着她，但他仍在梦境里。

"一月·卡尔是个好好人，"她说，"是个力气大大
的人。"

她和老鼠坐在地上，跟吱吱叫玩。在我内心深处，妈
妈正对着我唱歌。

威尔逊·凯恩斯深深地叹了一口气。接着又是一声长
叹。一月走到窗户跟前，站在他身边。我走过去站在他背
后。他伸出手把我的手握住，把我拉到他身边。

"埃琳！"他深吸了一口气。

我们望着小区的一切：浅灰色的房子，闪闪发亮的路
面，绿色的花园，红瓦屋顶，在天空里飞舞或盘旋的小鸟。

我们静静地望着，等待着。

她一定是从河岸高处的那片废地走过来的，她一定经过了那个小房子和小园子。她站在两条街的交叉口，可以看得清清楚楚。她穿着蓝色牛仔裤，一件黑色皮上衣，背上是一个红色的背包，好像刚从哪里探险回来。她四处打量，忽然看见了白门。她盯着白门看了一会儿，金发随风飘起，挡住了脸。她回头望着刚走过来的路，好像要往回走，但还是继续向前走了过来。她仍然有些犹豫，仍然不停地回头。忽然，她挺直了肩膀，甩一下头，她的头发摆动了一下，我们看见了那闪光的耳坠。她加快了脚步，不再犹豫，脚底下的黑色路面像液体一样放光，她的脚似乎在液体里踩来踩去，踏着液体走来。更近了，她已经到了大铁门跟前，我们看见了她涂成红色的嘴唇，苍白的已有皱纹的脸，明亮却疲惫的眼睛。她的衣服挂满尘土，裤子的膝盖处撕破了，皮上衣也有一处破了。她很害怕，很疲倦，但我们也明白一月说的话是对的，她很美。她走进了水泥地院子，看见我们站在窗前，又一次犹豫了，怕得发抖。

"哎呀，埃琳！"一月轻声喊。

"一直看。"威尔逊·凯恩斯咕哝着说。

一月的手不再颤抖，他的呼吸平静了。他用深深的沉默望着她继续走上来，走进白门。我随他离开窗户。天眼用那双可爱的眼睛看着眼前的一切。她那双可爱的眼睛能看穿世界上的一切磨难，一直看到隐藏在最底下的乐园。在一月从她身边经过时，她用带蹼的手指碰了他一下。

她站在门厅里。

他们是怎么相互认出来的？古老的梦。暴风雪之夜留下的印象。爱。他们相互打量着。

"我知道你会来的。"一月说。

她把手捂到脸上，隔着手打量他。

"我一直在等着你。"他轻声说。

我想走开，但他紧紧地抓住了我。

"别走！"他说，"我知道你一直爱着我。我知道你会回来找我的。"

"你叫什么？"

他屏住呼吸。

"我不知道。"他放开了我，"你说我叫什么。"

他们在小门厅里相互靠近对方，我转身离开。

我跟天眼坐在一起，握着她的手。老鼠坐在我们身边，手里玩着吱吱叫。威尔逊捏着泥人儿。过了一会儿，芬格斯和马克西，还有其他人，也下来了，跟我们在一起。外边，天越发明亮耀眼。

"是一月·卡尔的妈妈刚才！"天眼说。

"你说得对，是一月·卡尔的妈妈。"

"一个可爱的妈妈。"

"是啊。"

我们松了口气，笑了。天眼朝我身上挤一挤。

"讲讲一月·卡尔的故事吧！"她小声地说。

"喔，那是冬天下大雪时发生的故事。"我说。

"你给讲吗？"

"给，天眼。等哪天我给你讲这个故事。"

# 第十章　我们的故事

　　从前，在我的故事刚开始的时候，我是一个小小的东西，一个看不见的东西，这是茫茫的世界上最微小的一个东西。我藏在妈妈身上最深最暗的地方。我们当时在码头上的一个廉价小旅馆里。妈妈长得很美，有一双明亮的绿眼珠，头发是红色的，像火一样围着她可爱的脸庞。我爸爸是一艘外国拖网渔船上的海员。那艘船为躲避海上的风暴，逆河而上进了码头。我妈妈望着他乘船离开的时候，已经感觉到我这个小生命在她肚子里颤动。她带着我住进了圣加布里埃尔小区的一座小房子里。我变成了像鱼像青蛙的东西，在她肚子里踢腿、游泳。她对着我唱歌，低声说话。她从"乐施会"买了一只小床，在墙上贴了画片，为我准备了一个人间乐园。我们在那个乐园生活了几年，后来她去世了。这可能是一个很悲惨的故事。所有故事都可能是很悲惨很悲惨的故事：我的朋友一月·卡尔、老

鼠·格莱恩、安娜·梅、威尔逊·凯恩斯以及所有其他人的故事都可能是很悲惨的故事。但是，这些故事归根到底并不悲惨。我们相依为命，我们的故事像大河中一股股蜿蜒曲折的水流，汇集在一起，混合在一起。在生命的航程中，当我们打转或摇摆时，我们就紧紧地相互抱住。有些时候我们会有惊喜，有些时候会经历神奇的变故。随着每个新的一天的降临，每一个新页的翻起，都说不定会发生最令人震惊的故事。那天上午当我离开一月回到台球室时，我就知道一个故事结束了。这个故事讲的是我们乘木筏离开白门之后的经历，讲的是我们怎样在黑色的黑泥滩上遇见了天眼，又怎样把她带回家。这个故事算得上有一个结尾：一月·卡尔现在和他妈妈住在圣加布里埃尔小区，他现在改名叫加布里埃尔·琼斯；莫莉恩对我们说我们很美丽很勇敢，她尽力相信这一点；天眼与我们住在这里，我们叫她安娜·梅。我们很慢很慢地告诉她关于她身世的另外几件事情。我们握着她的手，给她讲了她的亲人在大海中丧生的故事。我们渐渐地弄懂了爷爷的记事本，从那些

· 天　眼 ·

在黑泥滩发现的各种物品的名称中，从本子里到处都是的画、地图、示意图中，理出了爷爷的奇妙故事。黑色的字迹把我们带回到很久很久以前，那时印刷厂里机器轰鸣，人声嘈杂，巨大的轮船穿梭在河上，码头上到处都是穿着工作服的工人。这些人的故事汇入到天眼的故事里，那个在月光明亮的夜晚被看门人在黑泥滩捡到的小姑娘的故事里；接着，又汇入到三个小生灵的故事里，那三个可能是天使可能是魔鬼但很可能介于两者中间的小生灵的故事里。像所有故事一样，这个故事没有真正的结尾。它会一直发展下去，跟世界上的所有其他故事混合在一起。我们这里看到的只是我们知道的那一部分。你也许不相信这个故事，但故事里的一切都是真实的。